Jules Romains

de l'Académie française

Les copains

Gallimard

I

LE REPAS

— Patron!

— Messieurs?

— Venez par ici! On a besoin de vous. On voudrait savoir si vos pichets de grès tiennent le litre. Ce monsieur, que vous voyez, qui a le nez rouge, prétend que oui; moi je prétends que non. Il y a un pari d'engagé.

— Monsieur, faites excuse, mais c'est monsieur qui est dans le vrai.

— Quel monsieur?

— Eh bien! le monsieur qui a... comme vous dites...

— Qui a le nez rouge?

— Patron, je n'admets pas que vous vous associiez aux plaisanteries...

— Je n'ai pas dit, monsieur... ce n'est pas moi qui ai dit que vous aviez le nez rouge... Je trouve même que, pour un nez rouge, le nez de monsieur...

— Suffit! Il s'agit de vos pichets, non de mon nez.

— Mes pichets, monsieur, tiennent le litre.

— Ah!...

— Pardon! pardon! J'ai demandé à notre

sympathique mannezingue un avis, un simple
avis, et non un arbitrage. Comme arbitre, je le
récuse... Il serait à la fois juge et partie. Il sait de
plus qu'il n'y a de bonheur et de vertu qu'au moral.
Nous payons ces pots comme des litres. Il nous
conseille de les boire comme des litres. De la
sorte nous ne sommes volés que matériellement,
ce qui est négligeable. Il n'y a que l'âme qui
importe.

— Monsieur!...

— Oui, patron! votre intérêt évident — pas
évident pour ces messieurs qui sont ivres et
insensibles à l'évidence — mais évident pour vous
et moi, c'est de doter ces godets, je dis bien ces
godets, d'une capacité légendaire.

— Oh!

— Pardon!

— Je poursuis. Qu'on m'apporte un litre, un
litre vrai, un litre... naturel.

— Je...

— Oui, vous me comprenez, un litre de verre,
mais de marque... authentifié par une maison
sérieuse... Un litre Pernod, par exemple... vide,
bien entendu...

— Je vais vous chercher ça, monsieur, mais je
vous ferai remarquer...

— Hâtez-vous!

Ouvrant une porte, le patron fondit dans des
ténèbres qui sentaient le beurre noir.

Le parieur dévisagea l'assemblée. Puis du ton
d'un homme qui découvre l'essence dans l'apparence :

— Quelle touche! quelle touche! Vous avez
l'air d'un omnibus.

On se regarda. On flairait que l'insulte était grave; mais personne n'en mesurait exactement la portée. Quelqu'un murmura, pour le principe. D'autres rigolaient, insinuant :

— Ce pauvre Bénin! Est-il saoul tout de même!

Lui cligna de l'œil :

— Je me comprends. Vous avez la gueule d'un omnibus.

Il n'aurait certes pas eu la force d'en dire davantage. Mais la justesse de sa comparaison lui faisait jouir la cervelle. Il but un coup, à seule fin de se féliciter.

Il avala même de travers, tant son torse était secoué par un rire intérieur.

La porte s'ouvrit, et le patron reparut, hors des ténèbres au beurre noir.

— Je n'ai pas de Pernod vide. Mais je vous amène un litre blanc qui fera l'affaire.

Bénin fronça les sourcils.

— Vous vous fichez de moi, patron! Qu'est-ce qui me prouve qu'il tient le litre, votre litre blanc?

— Monsieur! je n'en ai pas d'autre.

— Votre litre blanc, vous venez peut-être de le fabriquer exprès?

— Oh!

Tout le monde protesta contre cette défiance maladive. Le patron, son litre en main, ne bougeait plus. Bénin se retourna vers lui :

— Qu'est-ce que vous attendez?

L'autre s'en fut en bougonnant.

— J'ai une idée.

— On t'écoute.

— La capacité de mon estomac est de deux litres, exactement. Je vais absorber coup sur coup deux de ces pichets. Si j'éprouve une sensation distincte de réplétion, je me tiendrai pour battu. Sinon la preuve de votre erreur est faite.

— Tu te moques de nous!

— Te laisser boire deux pichets?... Si tu les paies!

— Ruse d'ivrogne!

— Bon! Vous répugnez aux moyens scientifiques. Ils scandalisent votre routine. Nous allons recourir à un expédient plus grossier. Martin, monte sur ta chaise, et regarde de près le bec de gaz.

— Mais...

— Dépêchons-nous!

— Qu'est-ce que tu veux que je regarde?

— Pas la flamme, le verre.

— Et puis?

— Distingues-tu une marque de fabrique à deux centimètres en dessous du bord supérieur?

— Non... ah! si!

— Examine avec attention. Ne vois-tu pas trois marteaux?

— Si... on dirait bien.

— Tu es en présence d'un verre de lampe de la marque des Trois Marteaux.

Un frémissement d'admiration parcourut l'assemblée. Il y eut ensuite un silence soumis.

— Martin! passe-moi ce verre de lampe.

— Mais... je vais me brûler...

— Saisis-le par le bas. Aide-toi de ta serviette... ou de ton mouchoir. Plus vite que ça!

Martin exécuta l'ordre de son mieux. Il redescendit, tenant le verre avec précaution comme un serpent ou un crabe. Bénin le prit fort adroitement, le déposa au milieu de la table, et dit :

— Soufflons dessus pour le refroidir!

Il donnait l'exemple, avec tant de conviction qu'on l'imita.

— Le voici à point. Je cherche un homme sérieux. Huchon! La paume de ta main, bien ouverte!

— Pour quoi faire?

— Ne t'en inquiète pas!

— Comment? Tu veux m'appliquer ça sur la peau? Ah! mais non!

— N'excède pas ma patience!

— Soit! Tu es saoul. J'aime mieux ne pas discuter. Amuse-toi!

Bénin planta le verre de lampe bien droit sur la paume de Huchon, et s'assura que le bord inférieur adhérait étroitement à la chair.

— Lesueur! Donne-moi le pichet, celui qui est plein.

D'un geste sacerdotal, Bénin leva le pichet, l'inclina, en plongea le bec dans le trou du verre de lampe; et le vin se mit à couler. Bénin avait l'air d'un prêtre. Mais le pichet avait l'air d'un monsieur obèse qu'on aide à vomir en lui tenant le front.

— Oh! c'est abominable!

— Tu te fiches du monde!

— Notre vin blanc!

— Il va nous perdre notre vin blanc!

— Huchon! Tu es idiot de te prêter à ça!

Huchon souriait.

Bénin s'interrompit au fort de son expérience. Il dit à Huchon :

— Toi, ne bouge pas!

Il dit à la table :

— Messieurs, vous êtes bêtes! Ignorez-vous que ce verre est du modèle 8 de la marque des Trois Marteaux?

— Mais si, on le sait! Il y a longtemps! On ne sait que ça. Puis après?

— Le verre de lampe à gaz, modèle 8, de la marque des Trois Marteaux, tient exactement le demi-litre.

Le coup était rude pour l'auditoire.

Bénin reprit :

— Si le pichet remplit deux fois ce verre de lampe jusqu'au bord, j'ai perdu.

Il se mit en devoir de poursuivre sa vérification. Mais Huchon cessa de trouver la chose intéressante, puisqu'elle cessait d'être mystérieuse. Il retira sa main. Ce changement d'opinion eut les pires effets. Le vin, que la main n'arrêtait plus, s'échappa comme une brusque diarrhée, s'épandit sur la nappe, fit des cascatelles sur les serviettes, les pantalons, le sol.

On n'hésita point à en rendre Bénin responsable. Des cris s'élevèrent. Mais quelqu'un ayant dit :

— Bénin s'est payé notre tête!

un autre ayant ajouté :

— Flanquons-le dehors!

cet avis rencontra des adhésions. On arracha Bénin de sa chaise. On le poussa, on l'amena à une porte vitrée qui donnait sur une cour.

Il se débattit; il vociférait :

— Vous êtes des lâches! Vous avez perdu votre pari. Je suis victime de votre foi punique!

Il eut beau faire. La salle le pondit comme un œuf.

— Enfin! Ce n'est pas dommage.

— On va être un peu tranquille.

— J'ai la jambe mouillée, moi.

— Il s'est moqué de nous.

— Le vin lui donne des idées absurdes.

Lamendin hochait la tête. Il semblait couper l'air en tranches avec son nez. Car Lamendin avait une tête ronde comme une pomme et un nez mince, long, recourbé, comme un couteau qui entre dans une pomme.

— Dès qu'il a bu un verre de trop, il est bon à tuer, dit Broudier.

Et ses yeux s'arrondirent, roulèrent. Sa moustache devint féroce, ses doigts gras tripotèrent la nappe.

— Ça, il était saoul! ajouta Lesueur, tandis que ses narines se dilataient dans l'amas de poils qu'était sa figure.

Et toute sa tête, qu'on ne songeait pas à rattacher à son corps, était comme un caniche qui aboie perché sur un meuble.

— Il y a des moments où il dépasse les bornes dit Omer, qui avait le nez rouge.

A franchement parler, son nez n'avait rien de plus rouge que bien des nez. Mais le reste de sa face était couleur de zinc. Tout devenait rouge par comparaison.

— Je me demandais, fit Huchon, ce qu'il méditait avec son verre de lampe.

Et Huchon regardait le cercle rose que le verre avait imprimé sur sa main. Ses yeux luisaient sous de grosses lunettes rondes, comme des objets curieux qu'on eût mis sous globe pour les protéger. Son visage glabre, mou et blanc, était

la couche d'ouate où reposaient délicatement ces
objets curieux.

— Je puis dire que je n'ai pas compris, avoua
Martin, dont l'aspect ne comportait rien de particulier.

Pendant une minute, la table demeura silencieuse. Jamais Bénin n'avait été aussi présent.
Il obsédait l'âme. Il chargeait l'air comme un
nuage aux formes cocasses. Son verre de lampe,
qu'il avait laissé debout sur la table, chantait;
une fanfare de bigophone semblait sortir de ce
tube.

La conversation reprit, pauvrement.

Soudain la porte grinça, et Bénin parut.

Son extérieur fut remarqué. Selon toute vraisemblance, Bénin arrivait droit d'une boîte à
ordures. Des souillures grasses, des plaques de
poussière épaisse parsemaient son vêtement. Ses
mains, ses joues étaient fardées de suie. Une longue
toile d'araignée lui couvrait les cheveux, à la
façon d'une coiffe paysanne. Des fils pendaient
sur son front, s'enroulaient à sa moustache, trem-
blotaient devant sa bouche.

La table poussa un cri femelle. On aima Bénin.
On aurait voulu l'embrasser. Quel homme de
ressources! Quel vivant généreux! On venait de le
chasser pour une plaisanterie excellente; il se
vengeait par une plaisanterie meilleure, dont il
faisait les frais à lui seul.

On l'appela : « Mon vieux Bénin! » On lui tapa
sur le ventre. On l'assit au centre de l'assemblée,
au nœud de la chaleur, au point que tous regardaient nécessairement. On se complaisait en lui.

Il parla, d'une voix un peu épaisse :

— Qu'est-ce que vous avez à rire?

Ses voisins s'empressèrent de lui expliquer que cette joie n'avait rien que de flatteur, qu'au lieu d'en prendre ombrage... Il interrompit :

— Oui, me revoilà! Ce n'est pas comique. Vous n'espériez tout de même pas m'avoir envoyé dans l'autre monde... L'autre monde ne commence pas derrière cette porte! Notez que je vous considère comme des mufles! et que si j'en avais le loisir je vous casserais des membres.

— Oh! voyons!

— Je n'en ai pas le loisir!

Il se leva.

— Depuis tantôt, il s'est produit un événement que je ne prévoyais pas. Je suis allé au grenier.

On rit juste assez pour ne pas lui déplaire.

— Je suis allé au grenier; ce qui explique — soit dit en passant — telle modification de ma toilette dont vous avez paru surpris. Eh bien! messieurs, j'ai vu dans le grenier... quoi?... une carte de France.

— Le grenier est éclairé?

Bénin sortit de sa poche une boîte de tisons.

— Elle est vide. J'ai brûlé trente-six allumettes. Mais j'ai vu.

Il cogna la table du poing.

— J'ai vu quatre-vingt-six départements!

« J'ai vu quatre-vingt-six départements l'un à côté de l'autre, messieurs, rangés sagement l'un à côté de l'autre d'une façon dont vous n'avez pas idée.

« Quatre-vingt-six départements qui ont des dents!

« Quatre-vingt-six départements qui ont des

pointes, des épines, des crêtes, des lames, des tenons, des crochets, des griffes, des ongles, et qui ont aussi des fentes, des fissures, des crevasses, des creux, des trous; et qui s'engrènent, qui s'ajustent, qui s'emboîtent, et qui s'accouplent comme une bande de cochons.

« Chose étrange, au milieu de chaque département il y a un œil! »

Un sourd murmure passa.

— Un œil rond, et véritablement ahuri, avec un nom écrit à sa droite. Chaque fois qu'un nouveau tison flambait, un nouvel œil s'ouvrait dans l'ombre. J'ai vu trente-six fois un œil.

« Tout cela m'a révolté.

« Alors, messieurs, malgré la haine que dans ce grenier je ressentais pour vous, malgré la saleté de votre conduite, j'ai regretté votre absence.

« J'aurais voulu que les copains fussent là! Un tel spectacle, messieurs, ne vous aurait pas laissés indifférents. Et peut-être auriez-vous été frappés comme moi par l'expression de deux de ces yeux, expression à vrai dire indéfinissable, mais qui m'a semblé provocatrice. Je fais allusion (et il baissa la voix) à l'œil nommé Issoire, et à l'œil nommé Ambert. Ces yeux ne sont rien pour vous. Vous n'avez pas encore regardé leur regard (et ici Bénin fredonna quelque chose).

« Je suis redescendu pour que vous montiez. Je me tais pour que vous parliez. »

Bénin était debout, cambré, le bras gauche pendant, le droit tendu, les prunelles fixes, les cheveux emphatiques.

Il avait la table à la hauteur de son nombril

et le groupe des copains tenait à lui, aboutissait à lui, comme un rat de cave à sa flamme.

Il fit un pas. On se leva.

— Broudier! Va demander une lumière au patron, et rejoins-nous... Messieurs, suivez-moi!

Ils franchirent la porte, traversèrent une petite cour, et commencèrent l'ascension d'un escalier qu'éclairait mal une lampe de cuivre.

Huchon marchait derrière Bénin. Ses yeux avaient l'air de deux objets d'une réelle valeur qu'il transportait avec précaution.

Omer suivait Huchon. Le nez d'Omer était beaucoup plus rouge que d'habitude. Mais le rouge n'est rien dans la nuit.

Lamendin marchait sur les traces d'Omer. Sa tête avait beaucoup de ressemblance avec une pomme choisie pour un restaurant de luxe. Et même le couteau était déjà planté dans la pomme.

Derrière Lamendin s'avançait une sorte de caniche. Mais, chose curieuse, ce caniche était perché très haut, et on ne lui voyait pas de pattes.

Derrière Lesueur, Martin gravissait l'escalier marche par marche. Il n'y a rien à dire sur son compte.

On attendit Broudier, il accourut portant une lampe dont la flamme dansait.

Ils entrèrent dans le grenier, qui était plutôt complexe que sordide. On y reconnaissait par analyse une armoire sans porte, une porte sans armoire, un drapeau russe, un buste de Félix Faure ayant pour socle un bidet. Mais la vue était soudain envahie par une carte de France. Le papier en semblait résistant. Deux barres de bois noir, une en haut, une en bas, lui donnaient de la rigidité. Une simple ficelle la suspendait à un clou. Bénin n'avait rien avancé que de vrai. Cette carte figurait quatre-vingt-six départements, et on ne sait combien de villes qui faisaient de l'œil. Les copains trouvèrent ça admirable.

— Des yeux! cria Bénin, il y en a plus que dans le bouillon du pauvre, plus que sur la queue du paon...

Il tendit le bras.

— Issoire! Ambert!

Tous, au fond d'eux-mêmes, furent d'avis qu'effectivement Issoire et Ambert avaient un drôle d'air.

— Qu'allons-nous répondre, messieurs, à ce défi? Issoire et Ambert narguent notre assemblée. La chose n'en restera pas là.

— On peut cracher dessus, proposa Huchon.

— J'ai un crayon bleu, dit Broudier. On peut passer Ambert au bleu.

— On peut changer le nom d'Issoire.

— On peut écrire au maire.

— Je ne vois pas trop ce qu'on pourrait faire, dit Martin.

Tous étaient perplexes. Broudier tortillait ses moustaches, Bénin se grattait différents endroits de la tête, Omer se frottait le nez, et on craignait qu'il ne lui restât du rouge après les doigts. Huchon ôta ses lunettes pour en essuyer les verres. Lamendin, une main sous le menton, avait l'air de soupeser un fruit de choix.

— J'ai une idée, dit Lesueur. Chacun de nous va faire un quatrain sur les bouts-rimés suivants : Issoire, Ambert, Passoire. Camembert.

— Très bien!

— Excellent!

— Un crayon!

— Du papier!

— Vous trouverez en bas ce qu'il faut pour écrire.

On dégringola. Une délégation somma le patron de livrer tous ses encriers et toutes ses plumes. Huchon avait un stylographe.

Les copains s'installèrent.

— Nous nous accordons cinq minutes, montre en main.

— Peut-on intervertir les rimes?

— Mais oui!

— Chut!

Le silence tomba comme un couvercle.

— Halte!

— J'ai fini!

— J'ai fini!

Les porte-plume s'abattaient.

Martin, la langue un peu sortie par le coin gauche de la bouche, achevait de mener une rature proprette sur les cinq mots qu'il avait écrits.

— Allons, Martin! Les cinq minutes sont passées pour toi comme pour tout le monde.

Martin transporta sa langue de gauche à droite, et posa son porte-plume.

— Lamendin! On t'écoute.

— Pourquoi moi d'abord! Et Huchon?

— Huchon!

— Huchon!

Huchon se leva, sans trop de cérémonies. Il ôta ses lunettes. On eut l'impression pénible que ses yeux allaient tomber sur la table avec un petit bruit de cailloux. Il ne se produisit rien de pareil.

Huchon essuya ses verres, les remit, et, d'une voix
qu'il s'efforçait de rendre efféminée :

— Que pensez-vous, dit-il, de cette strophe
cent onzième de mon ode : *A moi Auvergne?*

> *Ni le désir tendu, ni l'exacte passoire,*
> *N'atteignent la beauté du masculin Ambert,*
> *D'où je t'ai vu, soleil, rond comme un camembert,*
> *Décliner sur Issoire!*

— Faible!
— Oh! très faible!
— Mon cher Huchon, tu n'as rien de femelle.
Les grâces langoureuses ne te siéent pas.
— Mon cher Bénin, je suis prêt à me rendre aux
tiennes.
— Bénin! On t'écoute.
— Non, après Broudier!

Broudier se leva, et dit :

STANCE

> *Feuilles dont la structure imite une passoire,*
> *Tristes rameaux d'automne aux marronniers d'Ambert!*
> *Mon cœur qui vous contemple a le regret d'Issoire,*
> *Mon cœur que je compare au coulant camembert.*

— Ça, c'est mieux.
— Il y a du sentiment.
— De la musique.
— De la pureté.
— Oui, de la pureté.
— On dirait d'un soupir de Jean Racine.
— Et puis les rimes sont meilleures.
— Oh! quel aplomb! meilleures!
— Je proteste, cria Lamendin, contre ce veule

classicisme. Entendez plutôt la péroraison de mon
poème, *les Sous-préfectures forcenées* :

> *C'est vous, les villes! Toi, Issoire,*
> *Mangeant la plaine, comme un qui bouffe un camem-*
> > *[bert,*
> > *Et puis c'est toi, Ambert,*
> *Où des forgerons fous brandissent des passoires!*

— Certes, il y a de l'élan! Mais quelle barbarie!
— Trop d'éloquence!
— Un manque de distinction qui pue au nez.
Bouffer un camembert! Voilà qui ne se dit pas! Et
puis parler d'un camembert en poésie!
— Tu es bon, toi! N'en as-tu pas parlé?
— Non... ou si ce mot est venu sous ma plume...
— Un camembert en marche...
— ...il a été transfiguré par le chant.
— Vous empêchez Omer de nous débiter son
histoire.
— Omer! Omer!
Omer eut une voix mélancolique et américaine :
— Fragment de *Sainte-Ursule d'Issoire* :

> *Le temps! Le temps! Issoire,*
> *Il coule et tourne et gire et vire et filtre en ta passoire,*
> > *Emmi l'absent décor lilial d'Ambert...*
> *Issoire! Qui a dit que tu faisais des camemberts?*

— Hum!
— Enfin!
— Passons au voisin!
Lesueur se leva; un caniche, ayant pour socle
un faux col, tint ce langage :
— Prélude du chant III de la partie II de
l'Œuvre-Une, intitulé : *Plainte du Gendarme.*

Fluant, suant de nue embrun,
　　　　　　　　　　　qu'une passoire
Tue! Or si ne l'a pu saisir le Tout-Issoire
Évoluant d'un pied s'avouant camembert,
Par l'horreur d'être là conclu
　　　　　　　　　　Chaud!
　　　　　　　　　　　C'est Ambert!

— Bravo!
— Ah!
— Nous y voilà!
— Quelle précision!
— Et quel doigté dans le maniement du réel!
— Qui ne plaindrait ton gendarme?
— Comme ce caniche est intelligent! Il ne lui manque que la parole!
— Toi, Bénin, je te conseille de te taire.
— Et moi, je lui conseille de parler. C'est bien son tour.

Bénin annonça :

— *Quatrième Prière au Département du Puy-de-Dôme.*

Ambert! Je te hais! Tu grouilles autour de moi,
Paquet d'asticots dans le gras du camembert!
Et c'est Issoire qui est là, plus loin que nous,
Comme le manche en fer d'une passoire lourde.

— C'est ça que tu appelles des bouts-rimés?
— Vos rimes y sont, messieurs! Je n'en ai pas détourné une seule; il ne s'agit que de les trouver.
— Tricheur!
— Hou!
— Je vous méprise!

Plusieurs convinrent que Bénin donnait dans le cléricalisme. D'autres, se réservant sur le fond, vantaient la forme du quatrain.

Lamendin rallia les esprits :

— Le grand mérite de cette pièce, dit-il, c'est qu'elle insulte Ambert et Issoire. Nous sommes tous tombés dans la sotte erreur de célébrer ces deux bourgades, après avoir juré de les traîner dans la boue.

— Je n'ai rien juré.

— Si! Implicitement.

— Pardon! pardon, dit Lesueur. Je crains que vous n'ayez méconnu la portée de *la Plainte du Gendarme*, prélude du chant III de la partie II de *l'Œuvre-Une*. Ce texte est très sévère pour les localités en question.

— Toi, tu veux nous la faire.

— Il est plus simple de te croire que d'aller y voir.

Bénin s'agitait. Il voulait ressaisir l'assemblée, et il guettait le moment de mettre la main dessus. Pour dissiper le tumulte, il imitait le geste de l'homme qui chasse de la fumée.

Il parla :

— Le langage de Lamendin m'est allé au cœur. Son avis a de l'importance. Ce visage fessu ne lâche, comme il est naturel, rien qui n'ait été longuement digéré.

— Merci!

— J'ai vilipendé Ambert et Issoire, seul de vous tous. J'ai tenu votre promesse commune. Mais une telle manifestation n'a pas d'efficacité. Des bouts-rimés? Arme inoffensive. Je les voudrais enduits de curare.

Il réfléchit un instant.

— Je n'ose espérer l'insertion de mes vers dans le *Journal Officiel*, édition des communes. Or, c'est l'unique quotidien de Paris, j'en suis sûr, qui atteigne nos deux villages. Quant aux feuilles locales *le Républicain d'Ambert* et *le Petit Phare d'Issoire*, tout me laisse penser qu'elles ne publient point de poésies, et qu'en publiassent-elles, elles refuseraient ces vers sans rimes que le principal du collège d'Ambert nomme décadents.

— Alors?

— Alors les bouts, rimés ou non, que nous composâmes, furent une affirmation dans l'absolu, hors de l'étendue et de la durée. Il convient d'en être fier; mais des hommes à passions chercheraient une vengeance moins exclusivement nouménale.

— Propose!

— Imaginons!

— On pourrait, dit Broudier, faire passer une note dans les journaux de Paris annonçant dix-sept cas de choléra asiatique à Ambert, et treize cas de peste bubonique à Issoire.

— Pas mal.

— La note signalerait en manière de post-scriptum une épidémie de conjonctivite granuleuse dans les campagnes circonvoisines, et une épizootie de morve transmissible à l'homme.

— Naturellement.

— On pourrait, dit Huchon, communiquer une statistique controuvée, mais vraisemblable, sur le cocuage en France au cours des dix dernières années, et montrer, à l'aide de tables, courbes et graphiques, que les deux arrondissements de France où il y a le plus de cocus par mille habitants et par kilomètre carré sont Issoire et Ambert.

— Oui, à la rigueur.

— On pourrait, dit Lesueur, solliciter et obtenir de Jean Aicard qu'il fît une série de conférences dans ces deux villes.

— Oui, tout de même.

— Rien ne te séduit?

— Nous écoutons tes projets.

— Vous voulez mon avis? dit Bénin. D'abord, j'estime qu'on n'improvise pas une pareille affaire. Il y faut de la réflexion, de l'étude. Ensuite, je me refuse à tenter quoi que ce soit sans une consultation préalable de somnambule.

— Tu te fiches de nous?

— Une somnambule, non, mais!

— Messieurs, je ne crois pas théoriquement à la lucidité des somnambules. Nonobstant, je n'entreprends rien de grave que je ne les aie consultées.

— Tu es logique.

— Messieurs, je suis hésitant par nature, et indécis. Je pèse le moindre de mes actes futurs à des balances de plus en plus fines. La plus fine ne m'assure pas encore. Le matin surtout, après mon réveil, je m'abîme en conjectures craintives, en supputations décourageantes. Le soir, vers onze heures ou minuit, j'ai à la fois des vues plus amples, une volonté plus cavalière, un détachement de la vie qui se tourne en mépris du risque. Par malheur, je ne prends mes résolutions que le matin; c'est un principe. Je serais donc fort exposé à n'en jamais prendre aucune, si les somnambules n'existaient pas. Je vais à leur repaire. Je les interroge. Je reçois le plus souvent des réponses molles et obscures; mais je pousse mon oracle, je l'accule, je le serre dans l'étau d'une alternative : oui ou non? Il se prononce. Me voilà soulagé. Si c'est non,

j'oublie mon dessein, et je regarde passer les fiacres.
Si c'est oui, je m'élance. J'envoie promener les
objections et les craintes. Je considère le succès
comme atteint, le but comme touché. Il ne me
reste qu'à fixer le détail de l'opération. Cette
confiance surnaturelle, et illusoire, m'a valu plus
d'un succès.

— Mais nous n'hésitons pas, nous autres. Nous
sommes résolus à nous venger. Ce qui nous manque,
c'est le moyen.

— D'accord. Si tu ne m'avais interrompu, j'allais
dire que j'établis deux catégories parmi les somnambules. A la première catégorie, qui est l'indispensable, je demande de me dicter une décision.
Mais quand le parti est adopté, il arrive que
mon esprit, pourtant ingénieux d'ordinaire, reste
là-devant comme un veau devant une paire de
patins. Il ne sait qu'en faire. Tous les chemins
mènent à Rome. Encore est-il qu'on n'y va pas
sans chemin. Prenons un exemple dans la vie
quotidienne. Tu décides de voler deux millions
en or aux caves de la Banque de France. Soit!
mais comment?

« C'est aux somnambules femelles que je
demande le oui ou le non. C'est des somnambules
mâles que j'attends qu'ils me suggèrent un procédé,
une technique, un truc. Voilà bien ce qu'il nous
faut. Courons chez un mâle. »

Les copains restaient silencieux.

— Je ne voudrais pas vous abuser. Les propos
de ces personnages sont, comme il sied à leur
fonction, sibyllins. Il ne vous tendent pas une idée
décortiquée. Mais leurs oracles réveillent mon
imaginative. Je commente, je tourmente le brin

de phrase qu'ils me livrent, avec la patiente et féconde fantaisie d'un professeur d'Iéna. Et je trouve... je trouve toujours quelque chose.

— Moi, dit Huchon, j'obtiens le même résultat, sans tant de peine.

— Je suis tout oreilles.

— Il me suffit d'une épingle et du *Petit Larousse*. Je saisis le *Petit Larousse* dans ma main gauche, l'épingle dans ma main droite. Je ferme les yeux, et je plonge l'épingle dans la tranche du diction- naire. Puis j'ouvre les yeux et le volume, à la page que l'épingle m'indique. Je lis le premier mot à gauche. Parfois — ô bonheur! — je tombe sur les pages rouges. Un adage se lève, éloquent, explicite : « *Beati pauperes spiritu* » ou « *Delenda Carthago* » ou « *Nunc est bibendum* » ou « *Rule Britannia* » ou « *Anch'io son pittore* ».

« Quand le sort n'est pas aussi complaisant, je me satisfais d'un mot tel que « contrescarpe », « indéracinable », ou d'un nom propre tel que « Nabuchodonosor ». « Contrescarpe »? Heu! Heu! C'est que la chose n'ira pas sans difficultés. Il y faudra l'assaut, l'escalade. Préparons-nous!

« Indéracinable »? Je suis averti. Rien à essayer. Échec certain. Quant à « Nabuchodonosor », colosse aux pieds d'argile, cela saute aux yeux, je n'insiste pas. »

— Pour ce qui est de moi, dit Bénin, les pro- phéties du *Petit Larousse* manqueraient de prestige. Mais je veux bien que nous commencions par là. Nous volerons ensuite chez mon somnambule. Patron!

— Patron!

— Messieurs?

— Vous avez le *Petit Larousse?*

— Ah! non, messieurs, mais j'ai le *Bottin.*

— Apportez le *Bottin!*

— Et une épingle!

— Ordinaire?

— Oui, ordinaire.

— Qui va se charger de l'opération? Quelle main pure?

— Martin.

— C'est ça! Martin.

A l'annonce de cette désignation flatteuse, Martin tressaillit. Son visage prit soudain quelque chose de particulier. On peut remarquer qu'il avait des petits yeux en amande, et qu'un pli vertical faisait de son menton un derrière de bébé.

Il s'empara maladroitement du *Bottin*, dont l'énorme masse croula sur une assiette de confiture, et de l'épingle qui lui glissa entre les doigts.

Il fut beaucoup injurié. Toute la blancheur de son mouchoir passa à essuyer les taches de confiture. Puis, il dut s'accroupir, ramper, grouiller sous la table jusqu'aux approches de la congestion.

Quand le mal fut réparé :

— Martin, pose le *Bottin* sur la nappe! Bon! Maintenant, ferme les yeux. Tu as l'épingle? Marche!

Avec des tâtonnements respectueux, Martin, les yeux clos, approcha la pointe de l'épingle de la tranche du *Bottin*. La copulation eut lieu, pleine de conséquences.

— Voilà! Ne bouge plus. Ne touche à rien.

Comme un homme qui achève de fendre une bûche, Huchon ouvrit le volume à l'endroit marqué par le sort. Il lut :

Riboutté, Joseph. Uniformes militaires. Vêtements ecclésiastiques. Accessoires pour cérémonies.

Un grand silence suivit le prononcé de l'oracle. On échangea des regards. On estimait, sans oser le dire, que les dieux s'exprimaient en termes bien voilés.

Martin continuait de tenir les yeux clos.

— Je ne reconnais pas là, fit enfin Lesueur sur le ton du sarcasme, cette vieille clarté française.

— C'est tout de même plus clair que ton quatrain.

— Tu trouves?

— Moi, dit Huchon, je crois que nous nous laissons dérouter par la prolixité même de l'oracle. Or, en principe, c'est le premier mot qui importe le plus. Le premier mot et aussi le second... Riboutté... Riboutté Joseph... Voilà le nœud du mystère.

— Adressons-nous au spécialiste Lesueur, dit Broudier.

Lesueur releva le défi.

— Soit! Je puis bien vous mettre sous le nez ce qu'un enfant, qui posséderait le B-A BA de l'orchestration verbale, n'aurait manqué d'apercevoir. Analysons! Riboutté... Ri... Rib... sonorité de recul, de défaite, d'écrasement, de déroute... Rib... c'est une résistance... un refus... Quant à boutté... outté. Rien de fameux non plus. Ça tombe à plat... C'est la fin de tout. Et pour exprimer mon sentiment en des vers conformes à votre esthétique :

> *Notre peau, par les coups d'Ambert,*
> *Sera transmuée en passoire,*
> *Et si nous attigeons Issoire,*
> *Nous serons dans le camembert.*

Le camembert étant l'équivalent poétique de la...

— Omer...

— Parfaitement.

Martin continuait d'avoir les yeux fermés.

Bénin s'enflamma :

— La Bottinmancie est un expédient ridicule. Encore si vous aviez le *Bottin* des départements! Mais quelle compétence attribuer au *Bottin* de la Seine en ce qui touche Ambert et Issoire?

Cet argument inattendu frappa les esprits.

— Alors? dit Broudier, la moustache molle.

— Alors? dit Huchon, en ôtant ses lunettes.

— Alors? dit Lesueur, en fouillant dans ses poils.

— Alors il reste mon somnambule. Hâtons-nous!

— Hâtons-nous?

— Il n'est que minuit.

— Minuit! Tu ne comptes pas nous mener à cette heure-ci chez ton somnambule?

— Pourquoi pas? Le somnambule auquel je pense vit dans le voisinage. Il n'a pas son égal. Le nommer extra-lucide, c'est litote. En ce moment, il doit dormir. Son âme s'abandonne à une vadrouille surnaturelle. Nous la saisirons retour de bordée. Allons! Debout!

Martin ouvrit les yeux.

On se leva. Et, soudainement, les copains reprirent conscience d'occuper un lieu déterminé du monde. Il leur parut avec évidence qu'ils étaient sur la Butte, et que Paris les entourait d'une certaine façon. Les choses eurent une orientation et des rapports. Ce ne fut pas la première porte venue qu'on ouvrit pour sortir.

— Nous y voilà!

A mi-côte d'une ruelle ardue, il y avait une maison, un tas d'étages, beaucoup trop d'étages pour qu'une bande de pochards pût en apprécier le nombre. Comme de juste, la porte était fermée.

Bénin tira la sonnette. Les copains se turent avec émotion. La maison ne broncha pas.

Bénin tira une seconde fois la sonnette. Les copains firent un silence beaucoup plus compact que le premier. Non seulement la maison ne broncha pas; mais on eut l'impression qu'elle affectait l'indifférence.

Bénin tira la sonnette une troisième fois.

Les copains, qui étaient sept, firent un silence sept fois multiplié par lui-même, autrement dit un des plus grands silences qu'il y ait jamais eu.

La maison laissa entendre une sorte de pet nasillard dont on devinait mal l'origine. Mais la porte ne s'ouvrit pas.

Bénin sonna une fois encore. Les copains murmurèrent. La maison grogna, et la porte s'ouvrit.

Les copains pénétrèrent dans la maison l'un derrière l'autre. Martin, qui venait en queue, referma la porte. Toute la bande était dans la nuit du vestibule. Elle ne bougeait plus; elle ne soufflait plus. Les têtes et les épaules se courbaient un peu comme pour éviter de se cogner au plafond. On était pareil à un chat qui s'est glissé dans le buffet pour manger une sauce. Il a vaguement le trac, et quand il s'agit d'attaquer la sauce, voilà qu'il n'a plus d'appétit.

Une minute passa. Il faisait bien plus noir encore, puisqu'on se taisait.

Chacun se mit à penser : « Et Bénin? Où est Bénin? » Chacun essaya de sentir où était Bénin. On écarquillait les yeux; mais les yeux étaient inutiles. On se tâtait avec les mains et les coudes.

Au fond du corridor, Bénin jubilait, sans se trahir.

Enfin, Lesueur lui posa la main sur l'épaule.

— C'est toi, Bénin? Alors, ton somnambule?

— Bénin!

— Bénin!

— Dépêchons-nous. Le pipelet va mobiliser.

— Ne vous troublez pas. Que chacun tienne son voisin par la veste! Toi, ne me lâche pas! En avant!

On obéit. Ce fut une file indienne et aveugle. Chaque âme se donna sans réserve à la précédente. Il n'y a rien de plus naïf, de plus désarmé qu'une file indienne dans la nuit. Bénin seul existait avec plénitude. Il s'accroissait même. Tous les copains faisaient partie de son corps.

Bénin en arrivait à acquérir des pouvoirs nouveaux. Il se dirigeait avec aisance. Il avait l'impression d'y voir clair. Ni inquiétude ni timidité. Trois mille sergots sur deux rangs n'auraient pas arrêté sa marche. Et il n'aurait hésité qu'un instant à prendre d'assaut Gibraltar.

En passant devant la loge, il cria :

— Les copains!

Puis, d'une main qui ne tremblait pas, il ouvrit une porte vitrée, et s'engagea dans une cour.

L'ombre de la cour était plus traitable que la nuit du corridor. La lueur de la ville tombait là-dedans comme la poussière d'un tapis. Rassurée, la file indienne se disloqua. Bénin perdit de son importance.

Ce fut pourtant lui — quel autre l'eût pu faire? — qui désigna une sorte d'appentis en planches, et qui, s'avançant, cogna du poing contre la porte.

Il n'attendit guère pour cogner de nouveau. Puis il déchaîna un roulement continu.

Soudain Broudier poussa un cri, qu'un cri de Huchon doubla aussitôt.

— Ah! regardez!

— Regardez!

Ils tendaient le bras. On leva la tête. Bénin, vexé, affecta de ne point s'en apercevoir, et il s'obstinait à tourmenter la porte. Mais comme les copains criaient « ah! » l'un après l'autre, comme ils criaient « ah! » tous ensemble, il recula et leva aussi la tête.

Sur la baraque, au faîte du toit, une silhouette, dont la lueur du ciel marquait le contour, se déplaçait lentement. Un homme, c'en était un, marchait sur le faîte du toit. Avec de l'attention, on distinguait un chapeau haut de forme, un vêtement long, tombant droit : peut-être une redingote. Mais les doutes commençaient là. Le vêtement long semblait se continuer par une espèce de jupon blanc très court; plus bas, des jambes, nues sans doute, et spécialement des mollets d'une rare convexité.

Omer en bavait. Martin songea au Dieu de son enfance. Lesueur était si étonné que ça le faisait jouir. Bénin chuchota :

— Hein? Je ne vous ai pas bourré le crâne! Moi, quand je parle d'un somnambule, c'est un somnambule. Vous ne direz pas que celui-là trompe son monde, ni qu'il pose pour la galerie!

Un silence pieux rendit hommage à un somnambulisme aussi sincère. Ce spectacle réconfortait, à une époque où tout n'est que falsification, contrefaçon et malfaçon.

Le somnambule poursuivait sa promenade, ou plutôt il la répétait, faute d'espace. Il allait jusqu'à un bout du toit, tournait sur ses talons, et gagnait l'autre bout.

— Est-ce qu'on l'appelle? demanda Lesueur.

— Gardez-vous-en! dit Bénin. Votre cri pourrait le réveiller, et il perdrait l'équilibre. Vous causeriez la mort de ce parfait gentilhomme.

— Mais...

— Attendons qu'il descende de lui-même.

— Chut! Chut!

— Regardez!

Le somnambule, s'arrêtant, porta la main à son chapeau et se découvrit. Puis, d'une voix incolore, tandis qu'il inclinait un peu l'échine :

— Vous voudrez bien me pardonner, chère madame. Je suis attendu.

Il se redressa, remit son chapeau, fit deux pas, se pencha, s'accroupit, disparut.

— Ne vous effrayez pas! dit Bénin. Vous verrez mieux.

Il secoua la porte. On entendit à l'intérieur de la baraque un bruit d'objets remués. Puis une lumière éclaira les vitres.

— Qui est là?

— C'est moi, M. Bénin, avec quelques amis, pour une consultation urgente.

La porte s'ouvrit. Un homme, sous une lampe,

parut. Il avait un chapeau de soie hérissé, un monocle, pas de moustaches, mais une barbiche de chèvre qui lui pendait sous le menton. Il avait une redingote complètement boutonnée, la rosette de l'Instruction Publique au revers; plus bas une chemise qui flottait sur des jambes poilues; et des pieds bronzés dans des espadrilles.

Les copains saluèrent. Le somnambule inclina légèrement la tête.

— Messieurs, dit-il, puisque vous désirez vous entretenir avec moi, nous serons mieux dans mon cabinet de travail qu'ici.

Il fit demi-tour.

— Je vous précède.

Les copains pénétrèrent timidement dans une pièce assez vaste, dont la lampe effleurait les profondeurs.

La chose qui frappait d'abord les yeux était un singe de petite taille, qu'on pouvait croire empaillé, et qui pendait du plafond par un cordon de tirage. Le singe descendait ainsi jusqu'à hauteur d'homme et formait le centre de l'espace.

Sous le derrière pelé du singe était disposé un pupitre; et la queue du singe trempait dans un encrier plein d'encre de Chine.

Le regard, rassasié de cet aspect, se portait ensuite sur un grabat non moins singulier. La paillasse reposait sur des planches soutenues elles-mêmes par quatre tonneaux de la forme dite bordelaise.

Le somnambule demanda courtoisement :

— L'affaire qui me vaut l'honneur de votre visite vous intéresse-t-elle tous?

— Oui, tous.

— Collectivement?

— Collectivement.

— Alors, messieurs, je vous prie de ne plus bouger. Gardez, jusqu'à nouvel avis, vos positions respectives.

Le somnambule recula dans un angle de la pièce.

— C'est bien ce que je pensais, dit-il. Vous êtes du type epsilon minuscule.

Puis, comme il observait un mouvement de surprise chez les copains :

— Vous n'ignorez pas, messieurs, que toutes les formes simples de groupes humains ont pour symbole une lettre de l'alphabet grec. Omicron majuscule, la place publique; oméga majuscule, l'auditoire du théâtre; khi majuscule, le carrefour; êta minuscule, la queue du Concert Colonne, etc. Vous relevez, dis-je, de l'epsilon minuscule.

« Les génies de l'epsilon minuscule sont trois : Pijl, Derpijl, Anderpijl. Pijl est le père.

« Il se tient au centre. Il correspond à la place qu'occupe M. Bénin. Derpijl, fils de Pijl, gouverne la boucle supérieure de l'epsilon. Il correspond à la place qu'occupent ces messieurs. (Il désignait Lesueur, Lamendin et Broudier.) Anderpijl, fils de Derpijl, gouverne la boucle inférieure. (Il désignait Huchon, Omer et Martin.)

« Toute vaticination concernant un groupe tel que le vôtre doit emprunter sa lumière aux trois génies Pijl, Derpijl et Anderpijl. »

Le somnambule se saisit d'un petit baquet, le poussa vers le milieu de la pièce, atteignit une fiole, qu'ailleurs on eût prise pour un litre de vin rouge, et la vida dans le baquet.

Il quitta lentement ses espadrilles. Les pieds apparurent, couleur vert-de-gris ancien. Ils ne dégageaient aucune odeur appréciable.

Le somnambule parla encore :

— Le récipient rituel que voici se nomme le conceptaculum. Le liquide que j'y ai versé est un vin du plateau de Pamir, premières côtes. La vigne dont il provient est un rejeton, en ligne directe, de celle que planta Noé.

« Lequel vin se prête également à un usage interne, dit bibition, et à un usage externe, l'immersion des pieds. Il communique au cerveau une part de la chaleur solaire, et le rend capable de soutenir une conversation de quinze minutes et plus avec les génies. Je me le procure à grands frais. Chaque fiole, prise sur place, me coûte dix roupies. La récolte et la manutention en sont effectuées par des brahmanes monorchites. »

Le somnambule se tut, changea de physionomie, posa dans le baquet un pied, puis l'autre et, le front levé, le regard lointain, attendit.

Au bout d'une minute, il proféra, d'un accent doucereux :

— Enjel! Enjel!

On entendit un petit grésillement.

— Vous écoutez? Enjel!... Accordez-moi la communication avec Pijl.. vous savez... Pijl et fils...

Le somnambule se tourna vers les copains, et, de son ton ordinaire :

— Enjel, dit-il, est un génie féminin, chargé de mettre les voyants en rapport avec les puissances supérieures. Enjel a une âme capricieuse. Il est à regretter, je me permets de le dire, que son entremise soit indispensable.

On entendit un nouveau grésillement.

— Pijl? cria le somnambule. C'est à l'auguste Pijl que j'ai l'honneur de parler? Bien... Merci... Il s'agit d'un groupe... Tu dis? Je n'entends pas. Enjel! Enjel!... Ne rompez pas, gracieux esprit, la communication... Que disais-tu, père Pijl?... Certes... Amène Derpijl et Anderpijl.

Le somnambule se tourna de nouveau vers les copains :

— La suite de cet entretien aura lieu par la voie écrite, et par l'entremise non plus d'Enjel, mais d'Arthur. Arthur, mon ami et collaborateur Arthur, c'est ce ouistiti que vous n'avez pu manquer d'apercevoir. Mais il faut que je me transporte auprès de lui par lévitation.

Il cala son monocle, et se mit à sautiller dans le baquet. Le vin du plateau de Pamir clapotait sous les pieds crasseux. La chemise battait sur les jambes poilues. Mais à chaque bond du somnambule, le baquet avançait d'un centimètre.

Au bout d'une minute il se trouva ainsi transporté près du pupitre, par lévitation. Il y étala avec soin une feuille de papier blanc, en fixa les coins grâce à quatre punaises, tira la queue d'Arthur de l'encre où elle trempait, et la laissa retomber sur la feuille.

— Encore un peu de patience, messieurs. Vous, monsieur Bénin, veuillez formuler clairement votre question.

— Hum! voilà. Nous voulons nous venger.

— Bien. Et de qui?

— D'Ambert et d'Issoire.

— Plaît-il?

— D'Ambert et d'Issoire. Ce sont deux sous-préfectures... Il s'agit d'une affaire personnelle. Nous désirons simplement connaître le meilleur moyen de nous venger.

— Bien. Arthur, j'attends.

Sous l'action d'une force mystérieuse, Arthur remua. Le bout de sa queue, gluant d'encre, grouilla une seconde à la surface du papier.

Puis Arthur ne donna plus signe de vie.

Le somnambule souleva la queue d'Arthur, et la remit dans le godet.

— Vous pouvez bouger, messieurs. L'opération est finie!

Il saupoudra la feuille d'une pincée de talc, la détacha, et parut examiner avec attention la petite saleté qu'avait laissée la queue d'Arthur.

— Voici, messieurs, ce que je lis.

Et il gratta le tour de sa barbiche.

> *Si la baguette du tambour*
> *Tourmente le sommeil du sourd,*
>
> *Si l'amour dans toute sa gloire*
> *Clôt la messe avant l'offertoire,*
>
> *Si le simulacre éloquent*
> *Ferme la bouche au trafiquant,*
>
> *Issoire, Ambert auront beau faire,*
> *Ils tomberont sur leur derrière.*

Le somnambule fronça les lèvres et les sourcils, gonfla le cou comme un dindon, et se cambra. Il regardait Huchon à travers son monocle, et Huchon le regardait à travers ses lunettes. Bénin, passant la main droite sous son veston, se grattait l'aisselle. Au contact du mystère, le nez d'Omer

devenait pâle. Lesueur avait les yeux brillants et
mobiles, les narines ouvertes, comme un caniche
qui attend la chute d'un morceau de sucre. Broudier essayait de prendre une physionomie blasée
et ironique. Lamendin, à force de ressembler à un
fruit, finissait par avoir l'air d'une poire. L'aspect
de Martin n'avait rien d'exceptionnel.

— Combien est-ce qu'on vous doit? dit Bénin.

— Personnellement, je ne désire aucun salaire.

Il fit une pause; les copains un bon sourire.

— Tout au plus souhaiterais-je de rentrer dans
une partie des dépenses que nécessite l'opération.
Je ne compte pas le pétrole de la lampe...

On s'inclina.

— ...ni l'encre de Chine...

On remercia de la tête.

— ...ni la feuille de papier...

On simula une protestation.

— Mais il m'est difficile de prendre entièrement
à ma charge la fiole de vin de Pamir (premières
côtes)...

— C'est trop naturel!

— Ce vin est devenu impropre à l'usage rituel.
Quant à le boire, je n'y songe pas. Les docteurs me
prescrivent l'eau de Vichy.

Les copains s'inclinèrent encore.

— La bouteille, je crois vous l'avoir dit, me
revient à dix roupies, prise sur place. Et la roupie
des Indes vaut au cours actuel, sauf erreur, deux
francs cinquante-sept. Je ne vous compterai pas
le transport.

Il se tut. Les copains trahissaient quelque inquiétude. Bénin sortit sa bourse, et demanda :

— Alors... si j'ai bien compris... c'est dix roupies... à deux francs cinquante-sept la roupie?

— Vous m'avez parfaitement compris...

— Ce qui ferait... vingt-cinq francs soixante-dix?

— A merveille!

Un soupir vola de bouche en bouche.

Bénin posa dans la paume du somnambule une pièce de vingt francs, puis une pièce de cent sous. Il cherchait de la petite monnaie.

— Laissons là les centimes! dit le somnambule.

Les copains se trouvèrent dehors, sans qu'aucun d'eux eût eu conscience de sortir.

Les émotions d'ordre surnaturel qu'ils devaient au somnambule avaient en quelque façon maintenu l'ivresse suspendue au-dessus de leurs têtes, et en avaient retardé la chute. Mais voici qu'elle tombait de tout son poids.

Chacun avait l'impression d'être seul dans une région pleine d'un brouillard lumineux. Une sorte de ronronnement tournait avec ampleur autour de son corps. Et il sentait monter du fond de lui-même comme une clameur vaste et creuse.

II

UN COPAIN

Bénin avait un réveille-matin en cuivre rouge, joufflu comme un ange, et pourvu de trois pieds comme une marmite.

Un soir il le remonta, côté mouvement et côté sonnerie, mit l'aiguille du réveil à trois heures quinze, et, collant son oreille au cadran, constata que les entrailles et viscères de la bête fonctionnaient bien.

Il but ensuite une tasse de camomille, afin de faciliter sa digestion, que pouvait compromettre un coucher prématuré.

Puis il se fourra dans son lit.

A peine venait-il de souffler la lumière, et d'explorer du pied les régions reculées de sa couche, qu'il pensa :

« Ne me suis-je pas trompé? Broudier m'a bien dit : le 9 août, à quatre heures du matin... Nous sommes le 8... J'ai relu sa lettre avant de dîner... Elle est encore sur le coin de ma table. Ce serait tout de même idiot de me lever demain, si... Qu'est-ce que je risque d'aller voir? »

Il essaya de raisonner :

« Voyons! Nous devons être samedi à Ambert,

samedi à minuit, devant le milieu de la façade
de la mairie d'Ambert. Alors... »

Il s'aperçut que son raisonnement ne le menait
à rien.

Il se leva, fit de la lumière, courut jusqu'à sa
table, et prit en main la lettre de Broudier, qui à
proprement parler était une épître, conçue dans le
goût classique, et composée en vers alexandrins :

Sache que mercredi plus d'une roue agile
Doit conduire ton corps pétri de noble argile
A ce lieu dont nos vœux favorisent le nom,
Dès l'heure où, simulant la foudre et le canon,
Le laitier matineux mène son char sonore.
Quant à moi, d'un café réchauffant mon pylore,
J'irai, malgré la pluie et malgré le brouillard,
Saluant au passage un aimable vieillard
Dont le balai, pareil au trident de Neptune,
Du crottin des coursiers a nourri sa fortune,
J'irai, sur l'appareil qu'accélèrent les pieds,
Au square verdissant des Arts et des Métiers.
Là, fixée au trottoir, ta mâle silhouette
Réjouira mon cœur que la Parque inquiète.
Mais, foin de mots plaisants, foin d'ambages! C'est dit :
Quatre heures du matin, au square, mercredi!

Ce texte lumineux ne laissait pas de place au
doute. Bénin sourit largement, et poussa un cri
rauque, qui lui était habituel dans les instants
d'enthousiasme. Avant de se recoucher, il voulut
tâter une fois de plus les pneus de sa bicyclette,
vérifier les freins, la selle, la lanterne; il consolida
d'un nouveau tour de corde un étrange paquet
qui pendait à l'arrière, resserra d'un cran la cour-
roie qui attachait au cadre un petit sac de voyage
ventru comme une vache pleine.

Puis il revint à son lit, et d'un pied fureteur il
chercha un recoin des draps encore frais.

Il était heureux. Son cœur faisait allégrement
sa besogne. Une fièvre légère le caressait à fleur de
peau. Il anticipait sur la joie du départ, il en
pressentait l'entrain et la vaillance. Il entrevoyait
des routes longues et droites entre des peupliers,
de petites routes torses et fugaces, des montées qui
portent une auberge à leur bout. Il escomptait des
aventures singulières. Déjà le sommeil de toutes
ces espérances commençait à faire des songes.

Bénin rêva qu'on lui chantait un poème dans
une langue d'Orient :

La nuit existe,
Et le roi va dormir.
Il va naviguer sur le sommeil, comme sur une mer
entourée par ses possessions,
Sans fanal, et sans armes.
Et quand toute la mer sera traversée,
Ils seront deux rois sur la rive de là-bas.

Mais il n'était plus couché, il n'était plus sur
un navire.

Il s'avançait, à cheval; entre ses jambes, les
flancs de la bête respiraient; un écuyer, porteur
d'une oriflamme, le précédait en chantant :

Le héros va dormir.
Il entre dans le sommeil comme dans une forêt,
Tenant la lance qui luit, le bouclier qui sonne.
Qu'il y aura de feuillages remués, de branches cas-
sées, d'herbe écrasée!
Et quelles bêtes inattendues bondiront hors des
buissons?

Vers la fin de cette nuit-là, il eut un rêve.

Il était, avec les copains, dans une grande

salle de restaurant. Lamentin à sa gauche,
Lesueur à sa droite. On avait mangé et bu beaucoup de choses excellentes. Alors Bénin éprouvait
une horrible envie d'uriner. Sa vessie devenait
pesante et douloureuse. Toute son âme descendait
dans sa vessie. Bénin aurait donné ses droits
politiques pour la joie d'uriner à son aise une
minute; pas même : vingt secondes. Mais uriner
avec force, éruptivement, comme un geyser. Or,
il était assis à la table des copains, et le repas
continuait. Soudain, il quittait sa chaise, gagnait
le fond de la salle, passait une porte, et découvrait
un urinoir resplendissant, ou plutôt une luxueuse
galerie de miction, un vaste Pissing-Room, un
Urination-Palace : parois de porcelaine, sol dallé,
lampes électriques; deux rangées de niches se
faisant face, et filant à perte de vue; des dizaines
et des centaines de niches, chacune propre, spa-
cieuse, brillante, chacune éclairée par une ampoule
en verre dépoli. Bénin se postait contre la première
niche, à droite, et se mettait en devoir d'uriner.
Mais rien ne venait, rien. La vessie s'alourdissait
encore, se durcissait, se contractait dans une
farouche continence. Bénin quittait la première
niche, et s'arrêtait devant la deuxième. Il redou-
blait d'efforts. Sa volonté faisait pression sur sa
vessie, puis, changeant de tactique, la circonvenait.
La douceur alternait avec la violence, la menace
avec la persuasion. La vessie restait de bois, mais
d'un bois brûlant.

Bénin passait à la troisième niche. « Tout ce
luxe m'intimide », pensait-il. « Cette modeste
fonction organique, habituée à l'ombre, ou à la
pénombre, perd contenance devant tant d'éclat

et de faste. » Il gardait son espoir. La troisième
niche lui semblait accueillante et favorable. Il
préméditait une émission sans précédent. Rien,
pas une goutte. Et une vessie pareille à un hérisson
furieux.

Bénin passait ainsi de la troisième niche à la
quatrième, de la quatrième à la cinquième, de la
cinquième à la sixième, sans résultat, et sans fin.

Tout à coup ce cuisant cauchemar s'évanouit.
Bénin rêva simplement qu'il dormait, et que
l'heure du réveil était venue. Il rêva qu'il entendait
la sonnerie; il rêva qu'il se réveillait, frottait une
allumette, allumait sa bougie, sautait à terre, et
courait pieds nus vers la fontaine.

Alors il se réveilla pour de bon; et il se mit à
faire réellement ce qu'il avait rêvé. C'était si
exactement la même chose qu'il ne sut pas au
juste s'il rabâchait un rêve ou s'il recommençait
une action.

Il frotta une allumette, alluma sa bougie, sauta
à terre. Il courut pieds nus, non vers la fontaine,
qui se trouvait dans la cuisine, mais vers la cheminée qui se trouvait dans la chambre. Il dévisagea
longuement son réveille-matin, et eut beaucoup
de peine à comprendre qu'il était trois heures
moins dix.

*

Le pavé se dérobait sous les pneus. Les arroseurs,
qui travaillent avant l'aurore, délayaient le crottin
dans de vastes épanchements d'eau. Un dérapage
succédait à une secousse. Parfois les roues fendaient
une flaque. On croyait entendre une bête qui boit.

Bénin était heureux. Les cahots le réjouissaient. Car il connaissait ainsi l'élasticité des bandages, la résistance du cadre, la souplesse de la selle, la dureté de son propre fondement.

Bénin avait rebondi sur les pavés de grès, patiné sur les pavés de bois, heurté des rails trop saillants, battu des mares de purin, comme une cuisinière bat une crème; quand il aperçut la balustrade du square des Arts et Métiers.

Le jour se levait. Tout paraissait bleu et fondant. Un balayeur au loin avait l'air d'un bonhomme en sucre.

Bénin ralentit et inspecta la place du regard. Le jardin était vide; les trottoirs étaient vides. Une sorte de ramasseur de mégots se tenait près d'une colonne Morris et semblait méditer.

Bénin fit deux ou trois tours de place. L'inquiétude naissait en lui.

« Mauvais signe! Quand Broudier n'est pas là à l'heure, c'est qu'il ne vient pas. »

Il fit encore un tour.

« Pourtant, aujourd'hui, c'est sérieux, c'est sacré!... Je n'ai que quatre heures cinq à ma montre, et il me semble bien que j'avance. Il ne doit être que quatre heures. »

Il arrivait à la hauteur de la colonne Morris, lorsque le ramasseur de mégots s'ébranla, et marcha vers lui.

Il avait une barbe blanche, et des yeux pleins d'antiquité.

Bénin s'arrêta. Le vieillard ouvrit la bouche :

Est-ce pas vous, Seigneur, qu'appellent en ces lieux,
Avant que de Phœbus le char silencieux
N'ait franchi le portail des célestes remises...

« Voilà qui sent Broudier, songea Bénin. Pourtant ce n'est pas lui. La puissance du maquillage a des bornes. »

Le vieillard continuait d'une voix emphatique :

... Le laurier mûrissant et les gloires promises?

Sur ces mots, il avait un geste large et un sourire interrogateur. Bénin semblait ne point entendre. Le vieillard reprit :

Est-ce pas vous, Seigneur...

Bénin cria :

— C'est moi! C'est moi! N'en doutez pas!

Le vieillard toussa. Il parut chercher un peu; il marmonna quelques syllabes, puis d'un sûr élan :

Mon maître qui vous porte un amour sans égal
Daigne emprunter ici mon indigne canal
Pour vous faire tenir le salut le plus tendre.

— Nom de Dieu! Est-ce Broudier qui vous envoie? Oui ou non? Parlez clair!

Le vieillard se contenta de sourire, et poursuivit :

Que si, me disait-il, Bénin veut bien entendre
Par quel coup du hasard il me rencontre absent...

— Il ne vient pas! Le porc! Dites-le! Mais dites-le! Vos boniments me font suer à tremper ma chemise!

Le vieillard acheva sa période :

Il éteindra le feu dont s'allume son sang.

— Il ne vient pas! Oh! le mufle! le cuistre! le concussionnaire! Mais c'était décidé, promis, juré! Courez lui dire qu'il me répugne, que je l'assimile à un vidangeur, à un adjudant corse, au maëstro Puccini. Oui, n'oubliez pas de lui apprendre que je l'assimile sans réserve au maëstro Puccini. Ajoutez que s'il meurt bientôt, comme je souhaite, je veillerai à ce qu'on place près de lui, dans son cercueil, pour régler et stimuler sa décomposition, l'*Art des Vers* d'Auguste Dorchain!

Le vieillard ne se départit point de sa courtoisie, et continua :

Je suis dans le chef-lieu notoire de la Nièvre.
Avant-hier un exprès m'annonça qu'une fièvre
Venait d'y terrasser mon grand-oncle Prosper.
Je le sais possesseur d'un capital péper,
Et j'eusse déploré qu'à gauche il passât l'arme
Sans être le témoin de ma sincère alarme.
Je me hâte, je cours, je bondis à Nevers,
Hélas! La destinée est féconde en revers.
Mon grand-oncle Prosper ressuscite à ma vue.
Ce triste événement m'a laissé l'âme émue.
Mais rien ne périra de nos projets altiers!
Non! La pédale encore est promise à nos pieds.
Je languis à Nevers, trois, place de Barante.
Prends de ce pas le train de quatre heures quarante.
Je serai sur le quai dès neuf heures moins dix,
Mon chapeau, mon mouchoir et mon âme brandis.

Le vieillard s'inclina jusqu'à terre. Son sourire fit comprendre que l'allocution était terminée.

— Qu'est-ce que ça signifie? dit Bénin. Vous venez de la part de Broudier?

— Oui.

— Pourquoi n'est-il pas venu lui-même?

— Mais vous savez bien qu'il est à Nevers.

— A Nevers?

— Place de Barante...

— Place de Barante!

— Numéro trois...

— Sans blague! Et l'oncle Prosper?

— Il va mieux, je vous remercie, mais il a été bien malade.

— Vous vous foutez de moi.

— Non.

Bénin grommelait. Puis il dit :

— Si Broudier est à Nevers, comment a-t-il pu vous envoyer ici, ce matin?

— Je suis cireur de bottes, monsieur; et aussi commissionnaire. Mais tout cela ne serait rien. Je suis télépathe.

— Hein?

— Télépathe.

— Parfaitement.

— Je reçois et je transmets la pensée à travers la distance. M. Broudier est un de mes abonnés.

— Tiens! Tiens!

— Nevers n'est pas loin. Mais il soufflait tantôt un vent d'est qui gênait les ondes télépathiques.

— Ah!

— Ma mission, ou si vous le préférez, mon message est terminé.

— Alors... merci...

— Mais j'ai à cœur de vous dire que vous vous abusez entièrement sur les causes de la guerre de 1870.

— Moi?

— Oui, vous, comme tous les autres.

— C'est bien possible.

— La cause de la guerre de 1870, c'est moi, monsieur.

— Ah!... Je m'en doutais.

Sur ces mots, Bénin prit un visage sévère, salua froidement, remonta sur sa machine et s'éloigna d'un coup de pédale.

Il sortit sa montre :

« Quatre heures vingt. Ce loufoque m'a parlé d'un certain train de quatre heures quarante. Reste à savoir ce qu'il faut entendre là-dessous. Que Broudier ait dicté ces vertueux alexandrins, n'en doutons pas. Mais Broudier, pour classique qu'il soit, n'est que le Boileau des fumistes. C'est vrai! Il y a néanmoins des choses sacrées, entre lui et moi. Je le connais. Une vadrouille avec un copain, avec moi, une vadrouille aussi gigantesque, qui plus est, une affaire d'honneur, non! Broudier ne s'en joue pas. Il se fiche de moi quant à la forme; il est sérieux quant à la matière. S'il n'est pas venu, c'est qu'il n'a pas pu venir. S'il me désigne Nevers, c'est qu'il y est, ou qu'il y sera. L'oncle Prosper a place au rang des mythes, je le crains, mais qu'importe? En tout cas, qu'est-ce que ça me coûte d'aller jusqu'à la gare de Lyon? Si je trouve un train pour Nevers, et s'il part à quatre heures quarante, je puis risquer le voyage. »

Bénin regarda où il était. Son corps avait eu confiance en Broudier : il avait amené la bicyclette place de la République.

« Je n'ai plus à reculer. Me voilà sur le chemin, et miraculeusement. »

Il tira sa montre :

« Quatre heures trente! Le train part dans dix minutes, quinze au plus, car j'avance. Je suis homme à l'attraper. »

Il prit son élan, traversa à toute vitesse des

flaques d'eau noirâtres, où les pneus barbotaient.
Le crottin, fouetté, bondissait vers le ciel. La rue,
comme une vieille qui chique, envoyait à Bénin
de puants postillons.

Le beffroi de la gare marquait quatre heures
trente-cinq. Courbé sur le guidon, Bénin gravit
la rampe de la cour; il sauta sur le trottoir, enfila
la première porte, accrocha le châle d'une femme,
longea au pas de course la rangée des guichets.
Un seul était ouvert. On lisait sur le fronton :

« Quatre heures quarante. Melun, Moret, Gien,
Nevers, semi-direct. »

Bénin eut un double mouvement d'allégresse
et de remords :

« J'ai douté de Broudier, de ce digne et véri-
dique ami! Je l'aperçois déjà debout sur le débar-
cadère. L'ennui, c'est qu'il faut faire enregistrer
ma machine. »

Il n'était que quatre heures trente-neuf lorsque
Bénin atteignit le quai.

« Pourvu qu'on ait le temps de mettre la bécane
dans ce train-ci. Avec ma guigne! »

Il se tournait anxieusement vers les fourgons.

Ce fut alors qu'un homme, vêtu de toile bleue,
parut, guidant une bicyclette. Bénin reconnut
son sac, sa valise, et l'étrange paquet qui ballotait
derrière la selle.

Rassuré, il chercha un compartiment. Il voulait
être seul, pour que son enthousiasme pût se dilater
à l'aise, sans se friper sur de la chair humaine.
Tous les compartiments qu'il inspecta étaient
vides, ce qui compliquait les choses, car il n'y
avait plus de raison de choisir. Mais la sagesse
des voyageurs conseille le milieu des trains, qui est

l'endroit le moins exposé aux risques des tamponnements comme aux rudesses de la traction, et le milieu des voitures, qui en est la partie la plus délicatement suspendue. Il s'ensuit qu'on doit préférer à tout autre le compartiment médian de la voiture du milieu.

Au moment où Bénin s'affermissait dans cette idée, le convoi s'ébranla. Bénin n'eut que le temps de saisir une poignée, et de bondir n'importe où. Cet incident faillit compromettre sa joie. Un peu plus, et il y voyait un mauvais présage, l'annonce d'une série de mésaventures. Mais la joie prit le dessus.

« Quel homme suis-je! finit-il par dire. Pareil à l'Indien Sioux, j'attrape les trains au vol. »

Le jour montait. Le train qui s'ébranlait semblait le mouvement du jour lui-même.

Paris fut bientôt dans le passé. Bénin regarda la campagne. Il n'en reçut point de plaisir. Comme une étoffe qu'on mesure, une plaine se déroulait avec une sorte de hâte commerciale.

Bénin regarda la cloison en face de lui. Elle était secouée; elle reculait à toute vitesse.

Il plongea la main dans la poche de son veston. Il en sortit une vieille enveloppe; il la roula en boule; il éleva la boule à la hauteur de ses yeux, et la laissa choir. Elle tomba verticalement, comme dans une chambre de province.

Puis Bénin se plaignit d'être seul :

« Il me faudrait ici une vieille femme, un peu campagnarde; un commis-voyageur un peu grassouillet, aux moustaches soignées; un homme quadragénaire, ayant une blouse, un chapeau large, une canne, des bottes, et que je saurais reconnaître pour un riche marchand de bestiaux; enfin une dame de trente-neuf ans, en demi-deuil, maigre et victime d'une constipation rebelle. »

Bénin se sentait une âme dévorante. Elle eût absorbé, sans vomir, le groupe le plus épais et le plus trouble. Elle eût calciné la plus dure pensée d'un industriel.

Elle remuait, cherchant sa proie. Elle essayait de s'étendre hors du train, et de saisir quelque chose de la plaine. Mais le train allait trop vite, rompait les contacts.

Alors elle traita le train comme son corps. Ce bois, cette ferraille, elle les envahit, elle annexa tant de pesante matière à sa chair propre.

Il y avait environ un quart d'heure qu'on marchait lorsque le mouvement du train se ralentit. Chaque pulsation arrivait un peu en retard; puis la machine siffla pitoyablement. Bénin eut une vraie angoisse. Il ne craignait rien, ne calculait rien; mais il devenait tout piteux. Il ne pensait qu'à ce ralentissement; il ne désirait qu'un élan nouveau.

Le train finit par s'arrêter. La machine siffla encore. Bénin songea qu'il avait oublié d'uriner avant de monter en wagon. « Rien dans cette modeste voiture n'est propre à recueillir l'urine de l'homme. »

Le train siffla une autre fois. Bénin attendit une réponse à ce cri qui interrogeait. L'univers s'abstint. Le train était seul ici-bas, et Bénin, dans le train, était seul. Situation aussi navrante que celle de Dieu lui-même.

Sous les wagons il y eut un petit grincement, dans les wagons une petite secousse. Le train s'ébranla en sifflant de nouveau. Bénin se trouva mieux. Sa vessie perdit toute importance.

On s'arrêta ensuite à des stations. C'était régulier; Bénin n'y voyait pas d'inconvénients. Personne ne descendait du train, personne ne montait. Un employé passait le long des voitures en criant quelque chose qui avait toujours l'air d'un juron. Quelqu'un donnait un coup de sifflet. Quelqu'un sonnait d'une infime trompette. Et Bénin repartait sur toutes ses roues.

Vers sept heures, le soleil traversa le compartiment. Bénin, chatouillé, se leva, marcha d'une portière à l'autre, en disant :

— La promenade fortifie le poumon et dérouille le muscle.

Mais quand il arrivait à une portière, il n'était encore qu'à deux pas de l'autre, et un bon marcheur pouvait faire le trajet en une seconde.

Bénin s'assit, et chanta le *Tantum ergo*.

Des visions étonnantes et glorieuses lui apparurent. Il se vit avec Broudier sur les grands chemins, faisant route vers Ambert et Issoire, les villes maudites. Il vit la réunion des copains, la majesté de leur conseil dans la nuit provinciale, et l'enchaînement de leurs travaux. Il se vit lui-même revêtu d'un costume austère, debout au-dessus d'une foule, sous des voûtes gothiques. Un avenir tumultueux emplissait le wagon. Bénin se disait :

« C'est trop beau! Ça va rater. »

Il se fatiguait d'être seul avec tant d'espérances; et il fut heureux qu'un voyageur enfin montât dans son compartiment. C'était un journalier. Mais Bénin jubila sans mesure quand il comprit que le journalier était saoul.

« Quel homme! Saoul à sept heures trente du matin! Ne serait-ce pas le recordman du monde? »

Bénin le circonvenait du regard.

Le journalier, ayant la lucidité surnaturelle des ivrognes, devina la pensée de Bénin et y répondit :

— Je viens de m'appuyer un kil à seize. N'y a rien de pareil pour un homme de mon âge. Tout ne me réussit pas. On m'a dit de prendre du chocolat le matin. Mais, sauf votre respect, je le dégueulais. Ça n'est pas propre d'abord. Et puis, dans ces conditions-là, ça ne profite pas.

L'haleine de l'ivrogne, large et nourrie comme sa pensée, devint l'atmosphère même du compartiment. Tout se soumit aux lois de l'ivresse. Il fut évident que les oscillations et secousses du train procédaient d'une âme avinée.

Bénin atteignit à un haut degré de confiance. L'avenir lui parut facile; et les grandeurs de la terre promises sans débat à l'appétit des héros.

Le choc de l'arrêt en gare de Nevers fut cause que l'ivrogne, de la banquette où il gisait, roula sur le plancher.

Bénin enjamba ce corps assouvi, et gagna la portière. Il avait de l'angoisse :

« Dans une seconde, je serai fixé. »

Il évoqua rapidement l'aspect de Broudier, le tronc épais, la face pleine et blanche, la moustache fine, le regard riche. Puis, il pencha la tête par la portière, inquiet de voir ce qu'il venait d'imaginer.

Au même instant une puissante musique éclata dans le hall. Bénin reconnut _la Marseillaise_. Il poussa la portière, sauta sur le quai.

En face de lui, à quelque distance, rangés sur

le trottoir, cinq personnages, vêtus de redingotes, enlevèrent du même geste leurs chapeaux de soie.

L'un d'eux fit trois pas en avant. N'était-ce pas Broudier? C'était Broudier.

Il avait une redingote pisseuse, trop large à la taille, trop étroite aux épaules; et un chapeau de soie qui semblait un gibus greffé sur un bicorne.

Broudier souriait, d'un sourire officiel. Son oreille paraissait s'incliner du côté de l'hymne national.

Bénin regarda vers la gauche. Douze hommes vêtus comme des facteurs soufflaient dans des cuivres. Le hall gémissait de leur violence. Mais la péroraison de l'hymne éclata. Et il y eut soudain un silence stupide.

Broudier ouvrit la bouche :

— Cave, amicorum optime — commença-t-il d'une voix forte — ne vividius patefacias, quantum fragrantes illos concentus, istorum præsentiam habitum meum, denique cunctum apparatum illum mireris! Namque satis sit te minimo cachinno vel uno temporis momento discuti ut totum meum consilium, studiose et negotiose instructum, haud aliter ac procellis cymba diruatur.

« Cave, igitur, ne te in hilaritatem effundas! Etenim isti persuasum habent te apud Scytharum regem, quem Tsarem vocant, præstantissimo officio præfectum esse. Idcirco villulæ hujus senatui placuit, maximos quidem honores ante pedes tuos quasi sternere, nec dubitaverunt et gibos suos et solemnes vestes induere.

« Hercle oportet, amice, superbum vultum, minax supercilium, ferocem oculum præbeas, quæ omnia dignitati tuæ admodum congruunt.

« At timido intuitu infulas istas despicis quibus

crura tua arcte involvuntur? Quasi non curassem
satellites meos de mirando Scytharum cultu et
habitu et moribus præmonere! »

Broudier toussa, et reprit avec une vigueur
accrue, tandis que, derrière lui, les quatre délégués,
paralysés par l'admiration, gardaient l'œil fixe,
et laissaient échapper de leurs lèvres un peu de bave :

— Sed paucis verbis utar. Quæso caput erigas;
atrox nec non quodam modo benignum lumen
circumspargas. Et veterem tuam in latino sermone
excellentiam renovans, strepente simul ac nume-
rosa voce, Scythica simul ac Tulliana eloquentia
ferream simul ac vitream loci illius vastitatem
impleas!

Sur ces mots retentissants, Broudier s'inclina
jusqu'à terre.

« Il ne manque pas d'un certain sans-gêne, se
disait Bénin. Comme si cette grotesque réception ne
suffisait pas... Il m'abrutit d'un discours cicéro-
nien... Me faire passer pour un conseiller du tsar,
c'est de la démence... Avec des jambières... il a
beau dire. Tous ces gens-là se paient ma tête. »

Mais le silence de tous était si avide de paroles
que Bénin se décida à l'assouvir. Il ne parla pas,
il cria :

— Haud nescio qua astutia cares, porcorum
turpissime!

— Intellego, fit Broudier en s'inclinant.

Puis, s'étant retourné vers les personnages de sa
suite :

— Voici, messieurs, la traduction des paroles
que M. le conseiller à la Cour de Russie daigne
proférer en réponse à mes modestes souhaits de
bienvenue :

« Bien cher monsieur, on ne peut certes dire que vous manquiez de courtoisie!

Bénin reprit :

— Quod si pugnum meum non cohiberem, gulam tuam subito ictu sane affligerem!

— Si je ne retenais pas l'élan de ma gratitude, traduisit Broudier, je me permettrais de vous donner l'accolade.

— Me quidem per fœdissimum dolum induxisti, ad grabatulum meum intempestiva nocte deserendum.

— Par la plus aimable des contraintes, vous m'avez fait quitter le lit de la Néva.

— Cum superatis ingentibus periculis in dictum quadrivium irruerem, horrido cuidam seniculo occurri, qui me insanis versibus contudit.

— Ce n'est pas sans avoir vaincu les plus grands périls que nous arrivons au carrefour de la vie, et que nous atteignons à la vieillesse pour devenir enfin la proie des vers.

Les quatre délégués hochèrent la tête avec componction, et laissèrent paraître qu'ils tenaient en grande estime la sagesse de ce Russe.

— Attamen, gémit Bénin, tanta amentia captus sum, ut pagum istum peterem.

— Je me félicite, messieurs, de l'inspiration heureuse qui m'a conduit à cette magnifique cité.

— Te tandem reperio, marcidum lenonem, qui meam, ut ita dicam, bobinam toties irrisisti!

— Je vous retrouve enfin, martial intermédiaire, qui avez tant de fois égayé le sombre écheveau de mes jours.

— Merdam! Merdam! hurla Bénin exaspéré.

— Salut! Salut! cria le traducteur.

— Utinam aves super caput tuum cacent!

— Que les oiseaux du ciel répandent leur bénédiction sur votre tête!

Bénin se tut. Broudier fit un signe. Et la fanfare
attaqua l'Hymne russe qui se défendit bien.

III

DEUX COPAINS

Le soir de ce même jour, à neuf heures, deux bicyclettes sortaient de Nevers. Bénin et Broudier roulaient coude à coude. Comme il y avait clair de lune, deux ombres très longues, très minces, précédaient les machines, telles que les deux oreilles du même âne.

— Sens-tu cette petite brise? disait Bénin.

— Si je la sens! répondait Broudier. Ça me traverse les cheveux, tout doucement, comme un peigne aux dents espacées.

— Tu as quitté ta casquette?

— Oui. On est mieux.

— C'est vrai. Il semble qu'on ait la tête sous un robinet d'air.

— Entends les grillons à gauche.

— Je ne les entends pas.

— Mais si! Très haut dans l'oreille. Ça ressemble au bruit que fait parfois la solitude... un bruit de petite scie.

— Ah! oui! Je l'ai! Je devais déjà l'entendre tout à l'heure! Quel drôle de bruit! Si haut perché!

— Regarde nos ombres entrer dans cette clai-

rière de lune, et puis plonger de la pointe dans
l'ombre des arbres.

— Il y a quelque autre route, là-bas. On voit
une lanterne qui se déplace. C'est une voiture.

— Je ne crois pas qu'il y ait une autre route.
C'est la nôtre qui tourne, et que tu vois après le
tournant. La voiture va dans le même sens que
nous. Nous la rattraperons tantôt.

— Mon vieux! je suis heureux! Tout est admirable! Et nous glissons à travers tout sur de
souples et silencieuses machines. Je les aime, ces
machines. Elles ne nous portent pas bêtement.
Elles ne font que prolonger nos membres et qu'épa-
nouir notre force. Le silence de leur marche! Ce
silence fidèle! Ce silence qui respecte toute chose.

— Moi aussi je suis heureux. Je nous trouve
puissants. Où sont nos limites? On ne sait pas.
Mais elles sont certainement très loin. Je n'ai peur
d'aucun instant futur. Le pire événement, je pas-
serais dessus, comme sur ce caillou. Mon pneu
le boirait... à peine une petite secousse... Je n'ai
jamais conçu, comme ce soir, la rotondité de la
terre. Me comprends-tu? La terre toute ronde,
toute fraîche, et nous deux qui tournons autour
par une route unie entre des arbres... Toute la
terre comme un jardin la nuit où deux sages se
promènent. Les autres choses finissent quelque
part; il le faut bien. Mais un globe n'a pas de fin.
L'horizon devant toi est inépuisable. Sens-tu la
rotondité de la terre?

— Je regarde jusqu'où va la lueur rouge des
lampions.

— Je songe à un marchand de tableaux qui me
confiait un jour : « Vingt pour cent sur du Rem-

brandt, ça ne m'intéresse pas. » Je songe à un critique théâtral qui disait une fois : « Madame Sarah Bernhardt, en jouant *Hamlet*, l'a grandi. » Je songe à un vicaire de Saint-Louis d'Antin qui déclarait en chaire : « C'est dans les tourments éternels que Renan expie les audaces sacrilèges de sa pensée. » Et il me semble soudain qu'il n'y a plus de négociants, plus de cabotins, plus de cafards. La terre est propre comme un chien baigné.

Mais le mouvement cessa de leur être insensible Ils durent peser sur les pédales. Une montée toute droite faisait une lueur entre des arbres noirs.

Les feuilles remuaient; mais les copains ne brisaient plus un souffle d'air. Le vent marchait avec eux dans le même sens, du même pas, prêt à les pousser doucement s'ils eussent ralenti.

La côte était ardue. Chaque pédale, tour à tour, semblait aussi résistante qu'une marche d'escalier. Elle cédait pourtant, et les roues avançaient par saccades. La machine faisait front d'un côté puis de l'autre, comme une chèvre qui lutte contre un chien.

La flamme bondissait dans les lampions; la lueur rouge se démenait sur le sol entre les morceaux de clair de lune.

— Quand j'étais gosse, dit Bénin, le soir, avant de m'endormir, je me voyais traversant une forêt à cheval, mon meilleur ami à côté de moi.

La côte était gravie. Cent mètres de plaine, puis les machines partirent toutes seules.

Une descente, pareille à une fumée, se recourbait jusqu'au fond d'un val.

Les deux bicyclettes allaient d'une vitesse toujours accrue. Les deux roues d'avant sautaient ensemble.

Bénin et Broudier s'en félicitent. Parfois l'un d'eux donne un léger coup de frein pour ne pas dépasser l'autre.

Dans la nuit molle ils entrent une joie à double soc. Alors ils savent ce qu'est le monde pour deux hommes en mouvement.

Bénin roule à gauche, Broudier à droite. Voilà qu'il n'y a plus ni droite, ni gauche. Il y a le côté Bénin et le côté Broudier.

Le monde se divise en deux parts : celle qui est au-delà de Bénin et dont il est responsable; celle qui est au-delà de Broudier et qui dépend naturellement de lui.

Mais de Bénin à Broudier un espace se réserve, hors du monde.

Bénin, lorsqu'il est seul, ne porte qu'un présent tout petit que compriment à la fois le passé dense et l'avenir volumineux. Mais, entre Bénin et Broudier, comme un ballot, un présent énorme oscille.

Bénin, lorsqu'il est seul et immobile, se compare lui-même à une sorte de pieu, d'une épaisseur insignifiante, planté au centre de l'étendue. Le monde règne autour de lui avec tant de continuité et d'importance, que Bénin n'est pas sûr d'occuper réellement sa place.

Bénin seul, et qui bouge, ne cesse pas d'avoir affaire au monde. C'est un débat perpétuel.

Bénin et Broudier en mouvement limitent et possèdent un espace incontesté. Et ils peuvent, quand il leur plaît, considérer le monde comme une douteuse banlieue.

Ils descendirent donc la pente de plus en plus vite; et ils arrivèrent au fond d'une petite vallée. Le sol, à peine ondulé, se cachait sous des touffes d'arbres. La route étroite s'y faufilait, avec de mystérieux détours.

— Nous ne devons pas être loin d'un village, dit Broudier.

— Quel suave lieu! dit Bénin. Il fait frais comme dans un parc au bord de l'eau. Et l'air est intime. On se croirait dans un intérieur orné de plantes. Puis l'on ne sait pas où l'on va. Nos roues, tour à tour, écrasent une feuille et un rond de lune. Des branches nous chatouillent l'oreille.

Soudain, dans un fouillis d'arbres, un pan de mur apparut. Un mur, un toit, toute une maison. Deux, trois maisons, plusieurs maisons l'une après l'autre, séparées l'une de l'autre par une épaisseur de feuilles, comme des fruits dans un panier.

Tout un petit village se blottissait ainsi dans l'aisselle de la terre.

Le plus tendre silence unissait les maisons; et pas une lueur qui ne fût celle de la lune ou des étoiles; pas un reflet qui ne retournât au ciel.

Pourtant les maisons tiédissaient l'air comme des moutons blancs couchés dans un pacage.

Les deux copains enfilèrent des ruelles, firent des détours. Une clarté coupa la route. Elle sortait d'une porte.

Ils approchèrent. Une branche de pin pendait

au-dessus de la porte; et une grosse lampe de
cuivre, comme une araignée ventrue, tissait sa
toile de rayons entre un comptoir et des soli-
ves.

— Voilà une auberge. Si on pouvait coucher ici,
ça serait épatant.

— J'en doute.

Ils entrèrent. La salle était vide. Rien ne bougea
d'abord. Ils toussèrent, firent « hum! », pressèrent
la poire de leurs trompes.

Une femme obèse parut. Son abdomen la précédait d'un bon pas. Sa poitrine venait ensuite,
comparable à deux sacs de farine battant la croupe
d'un cheval; puis sa tête renversée, bourrée d'une
graisse blanche; et, sur sa tête, deux yeux ronds
et saillants que la marche ballottait du même mouvement que la poitrine.

— « Messieudames! » fit-elle, souriante, vous
voulez à manger?

— Non!... nous voudrions une chambre.

— Une pour chacun?

— Oui.

— Je n'aurais pas ça.

— Ah!

— Mais j'ai une chambre à quatre lits. Si ça
ne vous gênait pas de coucher dans la même
chambre...

— Non!... Et puis quatre lits c'est tout à fait
ce qu'il nous faut.

— Où peut-on mettre les bicyclettes?

— Par ici.

Elle les mena par un couloir qui sentait la les-
sive à une cour qui sentait le fumier. Elle ouvrit
une porte à claire-voie, et l'on poussa les bicyclettes

dans un réduit où se trouvaient des bouteilles, des pioches et un tonneau.

— Elles ne risqueront rien? dit Bénin.

— Soyez tranquilles.

— Les paquets non plus?

— Personne n'y touchera.

— A propos, dit Broudier, qu'est-ce que tu trimbales dans cet énorme ballot, derrière ta selle?

— Rien! du linge.

— Ça doit te gêner?

— Non!

— C'est louche!

On prit un escalier de bois. Puis on suivait un couloir. Soudain l'on butait contre une marche, et la femme disait aussitôt :

— Attention! Il y a une marche!

Trois pas plus loin le pied vous manquait. On se retenait avec effroi. Et la femme disait :

— Attention! Vous avez une marche à descendre!

Elle s'arrêta devant une porte vitrée, garnie d'un rideau rouge. Elle l'ouvrit. On vit une vaste pièce carrée et carrelée, quatre lits de bois aux quatre coins, une pendule noire sur la cheminée, et un cor de chasse au-dessus de la pendule.

On descendit dans la première salle.

— Que désirent ces messieurs? dit la patronne, d'une voix qui arrivait de loin, par-dessus sa poitrine et son ventre.

— Je veux, dit Bénin, un grog au rhum.

— Tiens! moi aussi.

— Je ne connais pas ça, messieurs... mais j'ai de la fine que je ne vous dis que ça.

— Donnez de la fine!

Les copains regardèrent autour d'eux.

— On est admirablement bien! Nous ne sommes
ici que depuis cinq minutes, et rien ne nous est
étranger. Tu ne peux pas te figurer comme je
trouve légitime ce calendrier offert par la maison
Brizard, ni à quel point j'éprouve la nécessité de
ces deux paires de rideaux rouges.

— Et le village! dit Broudier. Il n'est pas absent
d'ici. Je t'affirme qu'il est doux, léger, et prodi-
gieusement poreux à la clarté de la lune. Je le
sens autour de nous avec le plaisir que doit avoir
un oiseau à sentir son duvet. Imagines-tu comme
la nature serait trop proche, inquiétante, comme la
nuit serait hérissée, si nous n'avions pas d'abord ce
village tout contre nous?

La femme rentra. Son âme avait visiblement une
attitude que son corps était empêché de traduire.
Cette femme voulait reparaître la tête basse. Mais
la disposition particulière de son ventre, de sa
poitrine et de son cou l'obligeait à garder la tête
renversée, comme quelqu'un qui boit à la régalade.

Les deux copains, esprits métaphysiques, ne
furent pas dupes de cette apparence, et surent
voir que l'aubergiste rentrait tête basse.

— Je n'ai justement plus de fine, mes bons
messieurs; mais j'ai encore du guignolet.

— Donnez!

Elle versa le guignolet. Puis elle se mit en devoir
de faire demi-tour. Cette manœuvre rappela à
Bénin celle du Pont-Gueydon dont jadis, à Brest,
il avait admiré le puissant organisme.

Le demi-tour à peine terminé elle dit, d'une voix
qui montait verticalement :

— Je vous laisse un bougeoir avec une bougie

sur le coin de l'escalier. Faites attention à ne pas
mettre le feu. Si vous avez besoin de quelque chose
la nuit, et que vous ne puissiez pas descendre, la
sonnette, à côté du troisième lit, c'est-à-dire du
deuxième lit à gauche en venant de la porte, elle
ne marche pas. Mais vous avez le cor de chasse de
mon défunt qui pend au mur. Vous n'auriez qu'à
pousser un petit coup dedans. Je ne dors que d'un
œil.

Elle avança de deux pas. Déjà son ventre passait
le seuil. Sa tête reprit :

— Les cabinets sont au bout du champ de
pommes de terre qui est après le jardin à gauche.
Le jardin est tout de suite derrière la cour. Vous
trouverez facilement... Maintenant vous avez un
vase sous le premier lit à droite en venant de la
porte... Je vous recommande de ne le remplir qu'à
moitié, rapport à une fente qu'il a dans le haut.

Jusque vers six heures ils dormirent chacun pour
soi. Chacun fut le maître d'une belle contrée pleine
d'agitation et d'aventures. Chacun était étendu
dans son grand lit. Chaque tête, à demi enfoncée
dans des choses blanches, était comme une source;
et les songes ne se mêlaient pas.

Puis, vers six heures, une cloche tranquille
mais obstinée frappa sur le village comme sur
une enclume. De l'âme jaillit, çà et là. Tous les
dormeurs de la vallée rêvèrent que le matin était
venu. Les songes ne furent plus seulement éclairés
par la lumière qui leur est propre. Le soleil y entra,
comme par les trous d'un volet.

Bénin et Broudier perçurent vaguement qu'ils dormaient dans la même chambre.

Puis ils sentirent un picotement à la surface de leur sommeil. Comme des gouttes de pluie qui tapotent sur des vitres, les choses du dehors leur arrivaient dessus.

Ils pensèrent l'un et l'autre qu'ils allaient se réveiller.

Bénin bâilla, fit « euhh! », plus fort qu'un veau. Il lui sembla qu'il expectorait le sommeil.

Broudier ouvrait les yeux; il regarda avec stupeur les trois autres lits, le cor de chasse, le plafond, et enfin son propre lit.

Bénin, du ton d'un homme qui continue une conversation :

— Explique-moi ton projet. Est-ce à Issoire ou à Ambert que tu comptes porter le coup?

— Je ne dirai rien, je le répète, avant la réunion plénière. J'ai rendez-vous, tu as rendez-vous, nous avons rendez-vous samedi prochain à minuit devant le milieu de la façade de la mairie d'Ambert. J'y serai; je parlerai.

— Voyons! esquisse-moi la chose en termes généraux. Je te dirai mon projet à moi, qui n'est pas moche.

— Je ne te dirai rien. Tu me fais suer avec tes questions. Et tu sais que la sueur matinale est mauvaise.

Tout en rêvant à son projet qui n'était pas moche, Bénin sauta sur le plancher, courut à la fenêtre, l'ouvrit.

Il sembla que la chambre entière s'envolait comme un oiseau.

Il sembla que Bénin, que Broudier, que les

copains bondissaient vers les toits, vers les collines.

Bénin ne put se tenir d'improviser ce chant :

> *Maison pareille à la bombarde*
> *Qui tonne aux fêtes de village,*
> *Tu nous tenais tassés en toi,*
> *Broudier comparable au salpêtre,*
> *Et Bénin comparable au soufre!*
> *Le soleil allume la mèche,*
> *Et nous éclatons rudement.*

Broudier se planta sur son lit, et l'inspiration le saisit à son tour :

> *Je sors de cette nuit comme un train d'un tunnel!*
> *La machine déjà fume vers le soleil,*
> *Mais les derniers wagons ronchonnent sous la voûte.*
> *Je sors de cette nuit comme un train d'un tunnel!*
> *Et tous les voyageurs se mettent aux portières.*
> *Il fait du vent! la voie est droite devant nous!*
> *Mon souffle en retombant met le feu dans les herbes.*

Ils se lavèrent avec une précipitation sonore. Les cuvettes leur étaient des gongs; le seau un tambour. Le vase de nuit était une harpe.

Ils descendirent dans la salle commune. Pendant que Bénin allait panser les bécanes et vérifier l'intégrité de ses bagages, Broudier commanda deux cafés au lait avec beaucoup de bonhomie. Quand ils eurent déjeuné, Bénin réclama la note.

— C'est facile à compter. Vous avez d'abord la chambre, à cinquante centimes par personne...

Les copains échangèrent un regard évangélique, et considérèrent l'hôtesse avec affection.

— Ça fait un franc... Puis les deux guignolets à soixante centimes chaque, ce qui nous fait un franc vingt, plus un franc, deux francs vingt...

Les copains échangèrent un deuxième regard qui voulait dire : « Le guignolet est un peu cher. Mais ça doit tenir au climat, et nous aurions tort de nous plaindre. »

— Puis deux cafés au lait à un franc chaque, ce qui nous fait deux francs. Deux francs et deux francs vingt, ça nous fait quatre francs vingt.

Bénin se hâta de tendre une pièce de cinq francs, et il ouvrait la main pour recueillir la monnaie.

— Ça fait juste le compte : trente centimes pour l'éclairage... quatre francs vingt et trente : quatre francs cinquante... et cinquante centimes pour les deux bicyclettes... Vous ne laissez pas un petit pourboire?...

— Mais... je n'ai pas vu de bonne... Vous êtes bien la patronne?

— Oui! Faut vous dire, ma bonne est à la noce d'un de ses cousins; mais elle rentrera demain... ça lui aurait sûrement fait plaisir...

— Qu'à cela ne tienne, chère madame! Nous repasserons demain dans la matinée.

Une petite route se tortillait de plaisir entre des boqueteaux et des prairies. Le sol était ferme. Une rosée abondante avait collé la poussière. Des cailloux menus crissaient sous les pneus.

Les copains arrivèrent devant une courte montée. Bénin, qui se vantait d'être la terreur des côtes, eut tôt fait de piler celle-là. Broutier restait en arrière.

Parvenu au palier, Bénin flâna voluptueusement, ayant dans le dos le vent et le soleil. Broudier le rattrapa. Ils repartirent à vive allure.

Un hameau parut. Ils y entrèrent comme dans du beurre. Ils sentaient contre leurs flancs glisser cette chose fondante qui avait de la saveur et du parfum.

Puis on tomba dans une route plus large, plus droite, plus dégagée. On l'aimait moins.

La distance y prenait une tenue officielle. Au passage, les hectomètres vous toisaient. Le vent, filant sans obstacle, vous dépassait comme un automobiliste riche.

Des maisons se présentèrent à droite et à gauche. Pouvait-on appeler ça un village? Autrefois, dans le temps, il avait dû y avoir une place avec des gros pavés, des maisons tout autour; une place close et se possédant. La route nationale avait tout éventré et tout emporté.

Vers midi, les deux copains atteignirent une localité assez importante. Cette fois, la route n'était pas la plus forte. Elle était positivement bouffée par les maisons. Que devenait-elle? On voyait bien des rues raboteuses, tortueuses. La route était là, dans le tas, mais humiliée, cassée, accoutrée en vieille dévote.

Les copains coururent quelques bordées à la recherche d'une auberge. Ils en trouvèrent deux qui se faisaient vis-à-vis. Elles s'appelaient comme de juste « Hôtel du Cheval Blanc » et « Hôtel du Lion d'Or ». Bénin penchait pour le Lion, Broudier pour le Cheval. Une circonstance de peu de poids

les détermina. Ils aperçurent qu'une des vitres de
la devanture, au Cheval Blanc, était fendue dans
toute sa longueur.

— Ils ne l'ont pas remplacée; voilà des gens
économes, ennemis d'un vain luxe. Le repas nous
coûtera dix sous de moins qu'en face.

Soixante minutes après, ils n'en étaient qu'au
fromage. Fromage vaste, incertain de goût, circulaire de forme. Bénin remarqua :

— Le jour d'hui est placé sous le signe du
cercle. Le cercle est le principe de notre mouvement; il va devenir l'aliment de notre force.
Toutes les choses rondes ont droit désormais à
notre piété.

Broudier eut un rire gras comme s'il découvrait
aux paroles de Bénin quelque sens paillard.

Bénin répéta :

— Nous sommes voués au cercle.

Et la pensée des copains prit la forme d'un
cercle. La salle fut une boule creuse, le village
un disque, et la planète n'eut jamais autant de
raisons d'être un globe.

— Oui, dit Broudier, nous sommes ronds; et
nous créons le monde à notre image.

Deux litres étaient vides sur la table. Bénin
les désigna.

— Ces litres ne t'émeuvent-ils pas?

— C'est déjà fait.

— L'absence du vin y éclate. On se demande
invinciblement : « Où est-il? » Il est en nous.
Pas une goutte ne s'est égarée. Nous pourrions

en rendre un compte fidèle. Et quelle heureuse transmigration! Il était vin ordinaire, Aramon sans honneur. Le voici pensée d'hommes éminents. Songe à l'importance qu'il a prise dans notre âme! Il s'y est installé comme une concubine, pleine de toupet, à qui tout cède, qui donne des ordres, qui change de sa propre autorité la place des meubles, le pli des tentures, et devant qui la plus vieille servante s'évanouit en tremblant.

« Je ne sais pas si tout mon passé pèse autant que ce litre dans la balance de ma cervelle. Dire : « nous sommes gris! », c'est ne rien dire. De quel mot nommer cet accroissement de nous-même, cette extension soudaine de notre empire et de notre vertu? »

Ce disant, Bénin éprouva une grande sécheresse de gorge. Son palais chauffait, devenait dur et rêche. Il semblait soumis à l'opération de l'étamage. Les pulsations des tempes s'alourdissaient. Des billes lui grouillaient dans la tête.

— J'ai soif. Que dirais-tu d'une bouteille de supérieur?

— Je t'en dirais le goût.

Dès lors les actions s'accomplirent dans une somnolence héroïque. La pensée des copains luttait contre une houle. Une sorte de zone interdite les séparait des objets. Ils ne voyaient pas les murs du couloir; ils ne touchaient pas le guidon de leurs bicyclettes. Entre les murs et leurs yeux, entre l'acier et leurs mains régnait une épaisseur à la fois cotonneuse et glissante. Leurs mouvements

étaient toujours un peu autres qu'ils ne les voulaient. Mais cette infidélité même leur donnait du
charme.

D'ailleurs les copains ne songeaient pas à s'en
affliger. A peine daignaient-ils s'en apercevoir.
Pendant que les membres se débattaient contre
certaines malices de la matière, l'âme était toute
noblesse et toute sérénité. Elle nourrissait une
amitié sans conditions pour les choses existantes,
et une sympathie pleine d'encouragements pour
un grand nombre de choses possibles.

— Je n'ai jamais si bien compris qu'en ce
moment, dit Broudier, la parole du sage : « Sous
l'aspect de l'éternité » et je n'ai jamais fait aussi
victorieusement l'expérience d'être éternel.

Les bécanes roulaient sans nulle trace d'ivresse.
Le vin que boit l'homme ne passe pas dans la
bécane. La bécane d'un homme ivre marche droit;
et les bécanes de deux hommes ivres marchent
parallèles.

— Tu te souviens, dit Bénin, de toutes les fois
que nous avons senti combien chacun de nous
était nécessaire à l'autre pour cette expérience de
l'éternité?

— Oui, tu as raison. Si j'étais seul, je sais bien
que ça ne serait pas pareil. Il y a entre nous
comme la pierre d'un autel. Je veux dire que,
quand tu es là, j'ai des garanties de première
importance. Je bafouille, mais j'ai un horrible
besoin de m'expliquer. On ne sait pas ce que c'est
que l'amitié. On n'a dit que des sottises là-dessus.
Quand je suis seul, je n'atteins jamais à la certi-
tude où je suis maintenant. Je crains la mort. Tout
mon courage contre le monde n'aboutit qu'à un

défi. Mais, en ce moment, je suis tranquille. Nous deux, comme nous sommes là, en bécane, sur cette route, par ce soleil, avec cette âme, voilà qui justifie tout, qui me console de tout. N'y aurait-il eu que cela dans ma vie, que je ne la jugerais ni sans but, ni même périssable. Et n'y aurait-il que cela, à cette heure, dans le monde, que je ne jugerais le monde ni sans bonté, ni sans Dieu.

— Tu ne te souviens pas, dit Bénin, d'autres fois pareilles à celle-ci? Je repense, soudain, au point culminant d'une balade énorme que nous fîmes l'autre année. Je nous revois tous les deux, traînant côte à côte, vers les deux heures de l'après-midi, et arrivant à un carrefour. C'était un de ces quartiers que nous aimons tant, vastes, tristes et forts, où rien n'est apparence, où tout existe avec vérité et concentration, où les puissances les plus secrètes de l'univers vont et viennent en pleine rue, parce que personne n'est là qui les épie. Tu sais? Des maisons pas très hautes, et irrégulières, des cheminées d'usine, un grand mur sans fenêtres et sans affiches, un bistrot rouge au bas d'un hôtel meublé, et surtout une présence continue, un souffle qui n'en finit pas, une rumeur pareille à un horizon. Je me rappelle, mon vieux Broudier, que tu as dit : « Je suis heureux! » Nous avions déjeuné au premier étage d'un caboulot très bas sur pattes. Nous avions pris un café à deux sous dans un bar, et un cognac à deux sous dans un autre bar. Nous ne demandions plus rien; nous n'espérions plus rien. Et notre bonheur était dans un équilibre tel que rien ne pouvait le culbuter. Quelle superbe jouissance! Lorsqu'un fils de l'homme connaît un seul jour cette plénitude, il n'a rien à dire contre son destin.

— Moi, mon vieux Bénin, je ne considère pas ce jour, dont tu parles, comme un jour passé. Il est continué sans intervalle, sans fissure, par le jour que voici. Ne te semble-t-il pas qu'il n'y ait à craindre ni le soir, ni la nuit? Dans les jours de contentement ordinaire, j'appréhende la chute du soleil, l'heure du dîner, l'heure de s'endormir, comme des nœuds successifs, de plus en plus serrés; et la journée est enfermée dans un sac comme une femme qu'on va jeter à la mer. Mais un jour tel que celui-ci ne se termine pas, ne tombe pas dans la nuit. Il remonte au ciel.

Ils arrivèrent à un croisement de routes, au bas d'un petit coteau qu'il leur fallait gravir. Deux ou trois maisons se plaisaient là. Au-dessus d'une porte, il y avait une branche de sapin.

Les bicyclettes mises à l'ombre, ils entrèrent dans le cabaret.

Un homme était assis à une table, près de l'une des deux fenêtres. Ils s'installèrent près de l'autre. L'homme les regarda, leur fit un salut, et parut ne plus s'occuper d'eux.

Broudier était tourné vers le jour. Sous l'effet d'une pression intérieure, sa tête tendait à la forme sphérique. Mais ses yeux luisaient avec calme. Ils n'apercevaient — on eût pu l'affirmer — que les rapports les plus stables de la nature.

Soudain l'homme qui buvait seul prit la parole :
— Il ne doit pas faire froid en bicyclette?

— Ah! non!

— Vous venez de loin?

— Nous venons de Paris.

— De Paris? Vous êtes partis quand, alors?

— Ce matin.

— Ce matin? De Paris, ce matin? Il y a au moins quatre-vingts lieues.

— Ah! déjà?

— Quatre-vingts lieues! Quatre-vingts lieues passées! Pour sûr qu'il n'y a pas loin de trois cent cinquante kilomètres!

— Nous avons bien marché, fit Broudier d'un ton modeste.

— Je ne m'étonne plus d'avoir si soif! dit Bénin en vidant son verre.

— Dommage que je sois presque dégonflé à l'arrière, dit Broudier. Ça nous retardera.

— Vous ne savez pas, demanda Bénin, si nous sommes encore loin de Montbrison?

— De Montbrison? Il faut des heures en chemin de fer.

— Ah! nous pensions y dîner ce soir.

L'homme s'absorba dans une réflexion critique. Puis :

— Vous êtes des coureurs?

— C'est moi Jacquelin, dit Broudier. Mon ami c'est Santa y Cacao, le champion de demi-fond de l'Amérique latine.

Il but une gorgée et reprit, obligeamment :

— Nous nous entraînons pour le record des mille kilomètres en vingt-quatre heures.

Et Bénin ajouta, avec une pointe d'accent brésilien :

— C'est plus dur qu'on ne pense.

L'homme ne répondait plus. Il se ramassait dans un effort d'admiration. Il avait les yeux écarquillés et la bouche ouverte. Il absorbait Jacquelin par les yeux, et Santa y Cacao par la bouche.

Il pensait :

« Je ne verrai pas deux fois dans ma vie des hommes pareils. »

Broudier se leva, et dit à Bénin :.

— Mon vieux Santa, je crois qu'il est temps. Si nous ne voulons pas trop nous démancher...

Bénin se leva aussi.

Ils dirent :

— Au revoir!

L'homme attendit respectueusement qu'ils eussent franchi la porte. Alors il quitta vite sa place et sortit sur la route. Il entendait ne pas manquer le spectacle de leur départ.

« Comment qu'ils vont bouffer cette côte-là! se disait-il. C'est une chose qui vaut la peine d'être vue. »

Bénin et Broudier, ayant amené leurs machines au milieu de la chaussée, les enfourchèrent avec lenteur. Et les roues commencèrent à moudre la côte.

Bénin, amolli par cette halte, tiquait un peu. Mais il grimpait tout de même proprement, à une allure de touriste.

Broudier se sentit couvert de sueur dès le deuxième coup de pédale. Et puis l'ivresse, aidée par le soleil, lui avait brisé la chair en petits morceaux. Il lui semblait que ses jambes, que ses cuisses, que ses reins étaient pleins de verre pilé.

Broudier zigzagua ainsi quelques mètres.

L'homme, planté sur la route, regardait de tous ses yeux.

Broudier cria :

— Hé, Bénin! Je descends!

Il mit pied à terre.

Bénin fit de même, et attendit Broudier.

Quand Broudier l'eut rejoint, ils repartirent d'un pas fraternel, d'une main poussant leur machine, et de l'autre s'essuyant le front.

Ils allaient à travers une plaine qui servait de fond à une très large vallée. Ils ne voyaient pas le fleuve; mais ils apercevaient, à l'est, des collines qu'ils méprisaient, parce qu'on en trouve de semblables dans tous les pays du monde, et, à l'ouest, des montagnes qu'ils respectaient, parce qu'ils n'auraient jamais pu monter dessus à bicyclette.

Comme Broudier se tournait vers la droite, il distingua au milieu de la campagne un homme qui se déplaçait plus vite qu'un piéton.

Il doit y avoir là-bas une route qui rejoint la nôtre. Est-ce que ce n'est pas un cycliste, cette silhouette qui bouge entre les deux arbres?

— Oui, il y a une route, et qui a bien l'air de rattraper celle-ci. Je crois, en outre, qu'il y a un cycliste.

— Ce cycliste, il est maigre et il craint la chaleur.

— Il te l'a écrit?

— Point. Mais il est en bras de chemise; et, malgré la distance, je sens l'odeur de ses pieds qui se répand jusqu'ici.

— Tu as l'imagination ignoble.

— J'ai l'odorat délié.

— Il doit nous voir.

— Il nous voit. Il est même pris d'une émulation risible. Il pédale plus fort. L'odeur grandit.

— N'a-t-il pas des paquets?

— Il semble.

— N'est-ce pas un homme barbu?

— Peut-être. Mais ma vue n'égale pas mon odorat.

— J'ai l'impression qu'il a une figure couverte de poils.

— Chut! Silence!

Ils entendirent une musique bizarre qui fondait dans la plaine comme de la graisse dans la poêle.

— C'est lui qui fait ce bruit-là?

— Oui, il joue du mirliton.

— Tout en pédalant?

— Pourquoi pas! C'est quelque rêveur. Il porte son chalumeau sur lui, et il laisse parler son âme dans la solitude.

— Elle parle du nez.

Deux minutes plus tard, Bénin, Broudier et le cycliste débouchaient ensemble dans le carrefour des routes.

— Lesueur! Lesueur!

C'était Lesueur. Les trois hommes commencèrent par se donner l'accolade.

Puis, Bénin demanda :

— Où vas-tu, Lesueur?

— Je vais dans la direction du milieu de la façade de la mairie d'Ambert.

— Nous aussi.

— Je m'en doutais.

— De sorte que nous continuerons notre voyage de compagnie?

— Naturellement.

— Et tu as un projet, mon vieux Lesueur?

— J'en ai un.

— Bénin, tu nous embêtes avec tes questions. Ni Lesueur, ni toi, ni moi n'avons rien à dire sur nos projets respectifs, avant qu'il soit minuit, samedi, devant le milieu de la façade de la mairie d'Ambert. Tu le sais bien. Tu l'as promis comme nous.

— Puis-je toutefois demander à Lesueur quel air il jouait sur son mirliton?

— Je jouais le prélude de *Parsifal*.

IV

TROIS COPAINS, ET PLUS

Bénin, Broudier, Lesueur arrivèrent l'un derrière l'autre sur une petite place que signalait un réverbère comique. Ils avaient dîné à Saint-Anthême dans la montagne; ils s'étaient levés de table aux derniers feux du jour; ils avaient monté, péniblement, entre des arbres d'une grande noirceur. La lueur de la route les guidait, qui semblait à chaque pas plus indécise et plus imaginaire. Puis, devenus la proie d'un rêve tortueux, ils avaient cru descendre en spirale jusqu'aux entrailles du globe. Bénin, qui possédait un lampion rouge, et qui se flattait de connaître la topographie du Massif Central, avait mené sans mort d'homme cette glissade à tâtons. Broudier et Lesueur à un certain virage étaient bien tombés l'un sur l'autre. Mais les machines s'étayèrent mutuellement de telle sorte qu'ils ne roulèrent pas dans le précipice voisin comme il eût été naturel.

Depuis leur rencontre à la croisée des chemins, ils avaient connu la joie d'être trois.

Pendant la marche, Bénin et Broudier, gardant leurs habitudes, tenaient Broudier la droite, et Bénin la gauche. Lesueur s'était mis simplement

à la gauche de Bénin. Ils ramonaient ainsi tout le
calibre de la route.

Bénin criait bien de temps à autre :

— C'est dégoûtant! Vous, vous avez les ornières,
vous roulez sur du velours. Et moi je danse sur
le dos d'âne!

Mais au fond, il aurait été désolé de céder sa
place. Il occupait le milieu du rang; rien ne passait
de Broudier à Lesueur dont il n'eût sa part; il ne
perdait pas une parole, pas un rire. Quelquefois
même il répétait à Lesueur une phrase de Broudier
que Lesueur avait mal entendue. Il habitait avec
bonheur la région la plus riche de l'amitié.

Aussi le monde ne lui importait-il presque plus.
Il voyait à peine les paysages. Il n'y donnait un
coup d'œil que lorsque Broudier ou Lesueur avait dit :

— Pige-moi cet horizon, si c'est bath!

Et il n'aurait pas été moins heureux sur le
plateau d'Orléans.

Car trois copains qui s'avancent sur une ligne
n'ont besoin de personne, ni de la nature, ni des
dieux.

Ils arrivaient donc sur une petite place d'Ambert. Ils avaient erré une demi-heure dans la ville;
et ils perdaient l'espoir de trouver la mairie.

Soudain, un homme parut à un angle de la place.
C'était un sergent de ville, le sergent de ville
d'Ambert, le gardien de la paix d'Ambert.

Bénin marcha vers lui :

— Pardon, monsieur l'agent, où se trouve la
mairie, s'il vous plaît?

Le gardien de la paix d'Ambert répondit :

— Vous avez un lampion, vous. Mais les deux autres?

— Excusez-nous, monsieur l'agent, nous formons un convoi; et d'après les règlements de police, comme vous le savez, le premier véhicule d'un convoi est seul tenu de porter un fanal.

L'agent garda le silence.

Bénin reprit :

— La mairie est par ici, sans doute?

— L'hôtel de ville?

— Oui.

— Qu'est-ce que vous allez faire à l'hôtel de ville à minuit moins le quart? Tous les bureaux sont fermés.

— C'est-à-dire que nous nous rendons chez un de nos parents qui habite en face de l'hôtel de ville.

— Ah! c'est différent. Eh bien! prenez la rue que vous voyez là, tournez par la deuxième à gauche; ensuite vous prenez la première à droite vous marchez cent mètres, vous appuyez à gauche, et vous y êtes.

Bénin, Broudier, Lesueur ne mirent qu'une dizaine de minutes à réaliser les vues de l'agent. Il n'était pas loin de minuit quand ils lurent sur le pan d'une maison : « Place de l'Hôtel-de-Ville ».

Ils découvrirent alors un monument étrange, une sorte de grosse rotonde, dont la rotonde du Parc Monceau n'eût été que le poussin.

— Quoi! dit Broudier, serait-ce la mairie d'Ambert?

Ils se turent. Ils contemplaient avec émotion ce monument d'orgueil.

— Mais, dit Lesueur, d'une voix mal assurée,
où est le milieu de la façade?

Personne d'abord n'osa répondre.

Broudier dit enfin :

— La mairie d'Ambert est une mairie dont la
façade est partout, mais le milieu nulle part.

Ils méditèrent dans l'ombre.

Lesueur dit :

— Qu'allons-nous faire?

— Je n'aperçois qu'une solution, dit Bénin.
Nous allons tourner l'un derrière l'autre autour
de la mairie d'Ambert. Nous tournerons d'un mouvement régulier. De la sorte nous passerons nécessairement devant le milieu de la façade de la
mairie d'Ambert, si ce point existe; ou si, comme
je pense, ce point n'existe pas dans le réel, s'il
n'est qu'une pure conception de l'esprit, si, pour
mieux parler, il s'agit d'un lieu géométrique, nous
le décrirons en entier, et nous serons fidèles à notre
rendez-vous.

C'était sans réplique.

— Dans quel sens tournerons-nous? demanda
Lesueur.

— Mais dans le sens des aiguilles d'une montre!

L'un derrière l'autre, poussant leurs machines,
ils approchèrent de la mairie; quand ils n'en furent
plus qu'à une faible distance, ils commencèrent
à tourner autour dans le sens des aiguilles d'une
montre.

Quelques instants plus tard, Huchon, une valise
à la main, mettait le pied sur la place de la mairie.

Il était fort myope. Aussi ne distingua-t-il d'abord qu'un bloc volumineux dressé dans l'ombre. Il alla vers cette masse.

« Je ne sais pas où est la façade, se dit-il, mais je n'ai qu'à faire le tour, je la trouverai bien. »

Et il se mit à faire le tour du monument, par la gauche. Il marchait d'un bon pas. Il pensait :

« Il doit y avoir comme une espèce d'abside arrondie. Je suis en train de la longer. La façade est de l'autre côté, sûrement. »

Mais la muraille tournait devant lui, sans fin. Il eut l'impression d'être revenu à son point de départ.

« C'est curieux. Je suis probablement la dupe d'un effet de symétrie. Cet édifice a des dimensions considérables, et est orné, je présume, de plusieurs coupoles qui se font pendant. J'en contourne successivement la base. Je finirai bien par trouver la façade. »

Et il continua.

Minuit sonnait quand survinrent, de la direction opposée, Omer et Lamendin. Ils avaient débarqué en gare d'Ambert vers les dix heures du soir. Ils s'étaient procuré des chambres d'hôtel; ils s'étaient décrassés et restaurés consciencieusement; et ils se félicitaient de joindre le lieu du rendez-vous à l'heure exacte.

— Voici la mairie! dit Omer. Nous ne nous sommes pas pressés; nous n'avons demandé de renseignements à personne, et nous arrivons avec la précision d'une éclipse.

Ils s'avancèrent tout près de la muraille.

— Tiens! dit Lamendin, il y a une sorte de

portique circulaire. C'est une idée originale. La
façade se trouve de l'autre côté.

Et ils commencèrent à contourner l'édifice par
la gauche.

— J'entends des pas, il me semble, dit Lamendin.

Omer répondit, négligemment :

— Ce sont de braves provinciaux qui regagnent
leur domicile. Les autres jours, ils se couchent à
neuf heures. Mais le samedi soir, ils se permettent
quelque excès.

Ils continuèrent à tourner.

A dix mètres derrière eux, Huchon venait, valise
en main, tournant toujours, et disant :

— Cet hôtel de ville a trois fois la taille du
Panthéon. Je ne m'attendais pas à trouver ici un
tel faste municipal.

A vingt mètres derrière lui, Bénin, Broudier,
Lesueur venaient, poussant leurs machines et tournant aussi, mais sans illusion.

Tout à coup, Bénin s'arrêta :

— Messieurs, faisons volte-face et tournons en
sens inverse! C'est en cherchant les Indes par la
route de l'ouest que Colomb a découvert l'Amérique.

Ils firent volte-face. Lesueur, ainsi, tenait la tête.

A peine eut-il marché quelques pas qu'il tomba
sur deux hommes dont l'un disait :

— L'emploi de ces vastes motifs circulaires tra-
hit une influence byzantine.

Et dont l'autre répondait :

— Je crois que nous serions arrivés plus vite en
tournant par la droite.

— Messieurs, dit Huchon, il est une heure à ma
montre. Nous avons passé cinquante minutes exactement à exposer et à discuter nos projets. Il serait
temps d'en finir. Et d'abord quelqu'un veut-il
aller voir du côté de la mairie si Martin n'est pas
arrivé?

— Tu plaisantes! En ce moment, Martin, qui a
manqué quatre correspondances et qui s'est trompé
trois fois de direction, roule dans un train mixte
entre Barcelonnette et Gap. Il frotte la vitre avec
le pan du rideau et il regarde plein d'inquiétude.

— Je n'insiste pas, mais décidons quelque chose.
Nous sommes convenus de retenir les meilleurs
projets, un sur deux, autrement dit. Le plus
pratique est que nous votions. Désignons chacun
sur un bout de papier les trois projets qui ont nos
préférences. Ramassons les papiers et additionnons
les votes. Ça demande cinq minutes.

— Tout vote me semble superflu en ce qui
concerne deux au moins de ces projets, dit Lamendin gonflant les joues et tailladant l'air à coups de
nez. Lesueur et Bénin ont engagé certains prépa-
ratifs, noué certaines combinaisons... N'ont-ils pas
des droits acquis? Leurs idées, par ailleurs, ne
sont-elles pas des plus séduisantes? Nous ne pouvons que donner notre visa.

— Soit, dit Huchon avec une pointe d'aigreur,
mais ça ne fait que deux. Je demande qu'on vote
pour choisir le troisième projet.

On approuva. Huchon lui-même se chargea du
dépouillement.

— Quatre voix pour le projet Broudier. Deux pour le mien. Le projet Broudier est adopté.

Un murmure parlementaire emplit la chambre.

— Pas de chahut! dit Omer, dont la face couleur de zinc se colorait un peu. Pas de chahut. Les gens sont déjà assez intrigués par ces six personnages débarqués chez eux en pleine nuit. Si nous continuons, ils vont nous signaler au sergent de ville.

Les copains consentirent à parler plus bas.

— Maintenant, dit Huchon, dont les yeux luisaient sous verre, nous écoutons nos trois protagonistes. Qu'ils nous renseignent, avec la dernière précision, sur le lieu, le temps, et l'ordonnance de leurs entreprises. De quels concours ont-ils besoin? De quels comparses?

— Moi, dit Bénin, j'opère à l'heure de la grand-messe, en la cathédrale de cette ville.

— Moi, dit Lesueur, j'opère vers les cinq heures de l'après-midi, à Issoire. Mais il faudra que je parte de bon matin, et j'ai besoin d'être accompagné.

— Moi, dit Broudier, je compte agir dans une heure, au plus. Je réclame une petite escorte.

— Nous ne serons jamais assez! Ah! si Martin était là!

— Pas de soupirs inutiles! dit Huchon. Procédons par ordre. Occupons-nous de Broudier d'abord.

— Eh bien! dit Broudier, tout sera réglé en deux minutes. Martin n'est pas où vous le croyez. Il n'est pas dans un train mixte entre Barcelonnette et Gap; il est à Ambert, dans une chambre de l'Hôtel de France. L'Hôtel de France se trouve à cent mètres d'ici. Martin est là, et il dort.

— Tu blagues?

— Martin n'aime pas se coucher tard; et l'on
peut à la rigueur se passer de son avis dans une
discussion. Aussi, lui avais-je recommandé d'arriver à Ambert sur les neuf heures et de se mettre
au lit incontinent. Je ne doute pas qu'il ait suivi
à la lettre mes conseils. Quoi que vous pensiez,
c'est un homme exact et débrouillard. Ne riez pas!
Il n'a pas raté le train, et il a trouvé l'hôtel,
croyez-le! Il n'a pas davantage laissé en route le
petit colis que je l'ai chargé de m'apporter.

— Qu'est-ce qu'il y a dans ce colis?

— Deux chapeaux de soie, à ressort, deux
complets redingote, un ruban de chevalier de la
Légion d'honneur, et une rosette d'officier... Omer
et Lamendin acceptent-ils de me seconder dans
ma mission?

— Oui, tout de même.

— Oui! avec plaisir.

— Leur physique, taille et physionomie,
convient à mes desseins.

« Êtes-vous prêts, messieurs? Nous nous ren-
drons à l'Hôtel de France. Vous revêtirez mes deux
redingotes. Je vous conférerai tout aussitôt l'ordre
de la Légion d'honneur. Pour moi, comme il sied
à un ministre, je resterai en veston, je donnerai
un coup de brosse à mon chapeau, et je ne serai pas
décoré. Martin, en petit complet gris et en melon,
fera figure de secrétaire.

— Tout cela, dit Huchon, me paraît excellem-
ment conçu. Mais nous autres pendant ce temps-là?

— Nous autres, dit Bénin, nous continuerons
l'étude de mon projet et du projet Lesueur. Puis
nous irons prendre l'air et rôder autour des

casernes. Dans le silence nocturne, nous épierons
le retentissement de leur exploit. Nous le connaî-
trons par le dehors. Nous en tâterons le volume,
nous en caresserons l'énormité. Nous l'écouterons
choir sur Ambert endormi.

— Mais, dit Broudier, où se retrouvera-t-on?

— Ici... à l'hôtel...

— Soit... Omer, Lamendin? Nous y sommes?

— Oui!

— Au revoir, messieurs.

— L'accolade!

— Certes!

V

CRÉATION D'AMBERT

Quand ils furent dehors, après les pourparlers presque pénibles avec le garçon de veille, Broudier se retourna et contempla la façade de l'hôtel. Une seule fenêtre brillait, au deuxième étage. Autour de ce feu vivant, Ambert gisait.

— Messieurs! Un coup d'œil sur cette fenêtre! Elle m'émeut. Il n'y a pas une autre flamme dans Ambert. Il n'y a pas dans Ambert une autre pensée. Car l'agent d'Ambert, lui-même, s'est endormi dans une encoignure.

« Eux là-haut, nous ici, nous sommes terriblement maîtres de cette ville, dieu de cette ville, dieu étranger, dieu usurpateur, dieu dangereux.

« Je vous le dis. J'ai peur de notre puissance, et pitié de cette chose possédée! »

Ils se remirent en marche. Broudier, de nouveau, s'arrêta, et, tirant de sa poche un petit paquet :

— Un instant, messieurs, que je revête une barbe! Je veux pénétrer dans l'Hôtel de France avec mon visage de ministre, et ce visage comporte une barbe. N'y aviez-vous point songé? Le sous-secrétaire d'État, au personnage de qui je veux bien, pour une fois, prêter ma personne, est barbu comme Charlemagne. Par ailleurs, il a ma corpulence et ma stature. Regardez! Avec ces poils, j'achève de le faire mon sosie.

Ils reprirent leur route.

— Je m'étonne qu'aucun de vous, tantôt, ne m'ait objecté mon menton rasé. Huchon pas plus que les autres. A quoi rêvait cet esprit critique?

— Tant mieux! C'est un favorable présage. Tes victimes, elles-mêmes, ne s'en seraient pas aperçues. Le plus malin eût dit : « Tiens! M. le ministre ne porte plus la barbe. Comme le voilà changé! »

Ils arrivaient devant l'Hôtel de France.

— Y a-t-il une sonnette? Oui, je la distingue dans l'ombre.

Ils sonnèrent longuement. Le garçon de nuit vint ouvrir. Il paraissait inquiet.

— Messieurs?

— Veuillez nous conduire à la chambre qu'occupe M. Martin.

— M. Martin? Je n'ai pas ça ici.

Leurs gorges se serrèrent.

— Comment! Vous en êtes sûr?

— C'est-à-dire qu'il y a deux ou trois voyageurs qui n'ont pas encore donné leur nom. C'est peut-être un de ceux-là...

— Il s'agit d'un monsieur de vingt-cinq à trente ans, taille moyenne, bouche moyenne, nez moyen, front moyen, pas de signe particulier; et qui a dû débarquer ici vers neuf heures, muni d'une valise molle de toile marron.

— Oui, oui! répondit l'autre, en frémissant de tous ses membres. C'est le voyageur du 7!

Et il se disait en lui-même :

« Ces messieurs sont des juges. Ils viennent

arrêter le voyageur du 7. Le voyageur du 7 est un assassin anarchiste. Les assassins anarchistes portent sur eux quatre revolvers à chargeurs et deux cents cartouches blindées. Il y aura sûrement une cartouche blindée pour la peau de bibi. »

Ils frappèrent à la porte du 7. Le garçon restait tapi au fond du couloir, et la bougie tremblait si fort dans sa main qu'elle aspergeait le plancher de gouttes de suif.

Ils durent frapper plusieurs fois. Enfin ils perçurent une voix faible :

— Qui est là?

— C'est nous! Dépêchons!

La porte bâilla. Broudier cria au garçon :

— Donnez-moi la lumière!

Mais il fallut aller la chercher; car le garçon ne bougeait plus; il attendait le premier coup de browning.

Les copains entrèrent dans la pièce. Martin, en chemise, s'effaçait devant eux, témoignant tout ensemble de l'étonnement et de la joie.

— Tu ne me reconnais pas avec cette barbe? Ressaisis-toi, mon ami. Nous n'avons pas une minute à perdre. Bouclez la porte! Martin, je te félicite de ton exactitude. Ceci dit, passe-moi la valise. Bon! Et la clef! Ne t'occupe pas de nous. Habille-toi, au trot!

Il ouvrit la valise.

— Omer, tu es le plus grand. Voici la redingote qui t'ira le mieux. Il faudra probablement que tu remontes un peu tes bretelles...Lamendin, voici la tienne. Tâche de ne la boutonner que d'un bouton. Je crains qu'elle ne soit juste.

— Ça ne sera pas chic! Je préfère ne pas mettre de gilet.

— A ton gré! Dépêchez-vous! Moi je vais affermir ma barbe et réviser ma toilette.

Ils se hâtaient.

— Vous regarderez si vos claques fonctionnent, si les ressorts ne sont pas faussés, et si l'étoffe n'a pas besoin du bichon.

Quelques minutes se passèrent, dans une activité silencieuse. Martin aurait eu mille questions à poser. Mais il n'en posait jamais.

Omer dit :

— Je suis prêt!

— Bon! Approche-toi. Tire un peu sur les manches, et sur le col. Ça va. Je te fais officier de la Légion d'honneur. Ne me remercie pas! Tout le monde en ferait autant à ma place... Comme tu es assez grand, assez maigre, que tu as le nez rouge, que ton facies présente quelque chose à la fois de bilieux et d'alcoolique, tu seras mon attaché militaire. Quel grade veux-tu? colonel? Tu es un peu jeune! Commandant! Je t'appellerai « Commandant! » Tu m'appelleras : « Monsieur le Ministre! » Entendu? Rompez!...

« Lamendin! A ton tour!... Mais cette redingote te va comme un gant! A peine quelques plis sous les bras et des effets de boudin dans la région du ventre. D'ailleurs tu n'es pas astreint comme ton compagnon à une élégance militaire. Un peu d'embonpoint, un certain avachissement de la chair et de l'esprit, je ne sais quelle descente de la cervelle dans les fesses, ne messiéent pas à un haut fonctionnaire. Car tu as mûri dans les bureaux. L'âge et la faveur t'ont promu à un poste élevé. Je t'appellerai : « Mon cher directeur », n'est-ce pas?

— Compris!

— Je ne puis te donner que le ruban rouge. Je le regrette. Mettez vos gibus! Hum! Vous feriez mieux d'en changer. Omer sera moins ridicule avec l'autre. Toi, Martin, tu es mon secrétaire particulier. Je t'appellerai tour à tour : « Martin! », « mon cher Martin! » ou « mon cher ami! » Tu répondras : « Monsieur le Ministre! » avec plus de platitude encore que ces messieurs.

« Quant à moi, vous le voyez, j'ai la mise savamment négligée et la bonhomie autoritaire qui conviennent aux premiers serviteurs d'une démocratie. Vous êtes là pour me garnir. Je porte moi-même ma puissance, mais c'est vous qui portez mon décorum, comme un larbin mon pardessus.

« Une heure trente-huit... nous pouvons partir. »

— Nous approchons! nous approchons! Je sens l'odeur de la caserne. Mon nez me dénonce le mélange nauséeux de la sueur, du cuir et du coaltar! Humez cette haleine! Flairez ce vaste pet! Ne croiriez-vous pas que monte le soupir d'une bouche d'égout en hiver? Non... c'est moins douceâtre, moins alangui, plus viril... Chut! Nous y sommes! Vous voyez la grille, là-bas, et les deux becs de gaz? Arrêtons-nous. J'ai besoin de considérer l'événement dans toute sa masse.

Ils étendirent leur âme circulairement autour

d'eux. Elle palpa Ambert, elle pinça Ambert qui ne bougea pas. Elle reconnut la caserne, mais ne chercha pas encore à s'y frotter. Puis, écarquillant les yeux, ils se regardèrent.

Broudier était leur centre superbe. De son chapeau à sa barbe, de sa barbe à son ventre, de son ventre à ses pieds, la majesté ruisselait en petites cascades. Il figurait, dans son intégrité, l'idéal radical-socialiste. Ses yeux répandaient les lumières d'une instruction primaire supérieure. Sa bouche semblait sourire à une table d'hôte. Mais le port de sa tête signifiait la suprématie du pouvoir civil.

Omer, un peu guindé, mine grincheuse, nez rouge, teint verdâtre — on le devinait plus qu'on ne le voyait —, une grosse rosette à la hauteur du téton gauche, Omer ne paraissait pas fait pour donner au ministre des conseils de faiblesse.

Lamendin n'était guère plus rassurant. Ses joues pleines, sa bonne carrure auraient inspiré confiance. Mais il inquiétait par son nez long, plat, courbe, comme un couteau à ouvrir les huîtres.

On pressentait en Martin un de ces fils à papa assez bien tournés quoique précocement abrutis : des champignons d'antichambre pas vénéneux.

Broudier avait allumé une cigarette. Flanqué de Lamendin et d'Omer, suivi de Martin, il s'avança :

— Sentinelle! Appelez-moi le sergent de garde!

L'homme, précipitamment, met l'arme sur l'épaule, et court frapper à un petit vasistas :

— Sergent! Sergent! Venez tout de suite!

On entend des jurons étouffés. Quelqu'un sort du poste, ouvre le portillon de la grille.

Dans la lueur des réverbères, il voit deux messieurs en chapeau haut de forme, décorés, encadrant un monsieur barbu qui fume une cigarette et qui n'a pas l'air de n'importe qui. Il voit encore un monsieur qui se tient en arrière, une serviette sous le bras.

L'œil dilaté, il salue et, comme on tombe en catalepsie, tombe au garde à vous.

— Sergent! Qu'on aille me chercher sans retard le colonel et les deux chefs de bataillon! Je les attendrai ici.

Le sergent salue, bondit, entre dans le poste, hurle des ordres.

Le poste vomit tous ses hommes. Tandis que deux d'entre eux passent la grille, contemplent les quatre civils d'un air hébété, hésitent une seconde, puis saluent, et s'enfoncent dans la nuit au pas gymnastique, les autres, se frottant les yeux, redressant leur képi, bouclant leur ceinturon, accrochant une cartouchière, se disposent sur deux rangs à la hâte.

Le sergent vocifère :

— Garde à vous!... Arme sur l'épaule... droite!

Broudier intervient d'un ton bref :

— Pas de bruit! Pas de sonnerie! Je désire le plus grand silence. Personne ne doit être réveillé, ni averti d'aucune manière avant l'arrivée des officiers supérieurs.

Broudier, sur ces mots, franchit la grille avec son escorte.

Le sergent se rue dans la turne du poste, et ressort avec des chaises.

— Merci! Nous allons nous promener un peu dans la cour.

La cour n'était éclairée que par les deux becs de la grille. L'odeur y avait plus d'empire que la lumière.

— Mes amis, dit Broudier quand ils furent à quelque distance du poste, je jouis comme une chatte. Quel plaisir aigu! Vous avez vu ce sergent? Un rempilé! Ils m'ont assez eu, jadis. Voluptés de la vengeance, je vous accueille. Et vous vous représentez avec assez de force ces deux trouffions qui galopent dans les ténèbres? Mes amis, il mitonne pour nous une pleine marmite de joie!

La nuit puait doucement.

— Pigez-moi cette grosse caserne accroupie! Les rêves de son sommeil s'accumulent sous elle comme l'ordure sous une vache. Je tiens l'aiguillon. Tu vas la voir gambader!... A cette heure, messieurs, nos copains ont quitté l'hôtel; ils se glissent le long des rues! ils viennent vers nous...

— Attention.. tu cries!

— On ne nous entend pas... le sergent pensera tout au plus que je suis en colère; il se souillera de terreur.

Ils firent ainsi quelques allées et venues. Soudain, il y eut un peu d'agitation du côté du poste, et les pas d'un homme sur le gravier.

— C'est le colonel... ou l'un des commandants, Membre ou Pussemange.

— Quoi?

— L'un des chefs de bataillon s'appelle Membre, et l'autre Pussemange. L'annuaire vous le dira. Je n'y puis rien.

L'homme n'était plus qu'à dix mètres. Il avait

une épée et un képi; des lueurs tournaient là-dessus.

Broudier s'ébranla. L'homme fit halte, salua, et se mit au garde à vous.

— Monsieur le Ministre...

Broudier poussa le coude de Lamendin.

— Monsieur le Ministre, je me suis empressé d'accourir, dès que j'ai su que vous étiez là... Précisément... je ne dormais pas... j'étais debout... je veillais... Je poursuis des études de balistique...

— Le commandant Membre, sans doute?

— Non, mons...

— Le commandant Pussemange, alors?

— Oui, monsieur le Ministre.

— Nous achèverons les présentations tout à l'heure.

Le silence tomba. Chacun en éprouvait la gêne, sauf Broudier, qui, le ventre en saillie, et les doigts dans la barbe, roulait des pensées de gouvernement.

Il y eut encore quelque remue-ménage au poste, et des pas sur le gravier. L'arrivée du chef de bataillon Membre eut beaucoup d'analogie avec celle du chef de bataillon Pussemange.

Mais il fallut attendre cinq bonnes minutes pour qu'apparût le colonel. Il semblait ému et corpulent.

— Monsieur le Ministre... je suis confus... j'ai fait diligence... je me sens très honoré de votre visite... nous y voyons tous une preuve de la haute sollicitude dont... Permettez-moi...

Les présentations eurent lieu dans l'obscurité.

— Le commandant Membre, monsieur le Ministre, chef du premier bataillon... Le commandant Pussemange, chef du troisième.

— Je connais ces messieurs... j'ai feuilleté leurs dossiers... je sais en quelle estime ils sont tenus... Permettez-moi à mon tour...

Et Broudier désigna les personnages de sa suite, l'un après l'autre :

— M. le directeur général Chambeu-Burtin... le commandant de Saint-Brix... M. Martin, mon secrétaire particulier.

Lamendin s'inclina, un sourire ambigu sur les lèvres; Omer, de plus en plus maussade, se raidit encore; Martin fut gauchement respectueux.

— Mon colonel, conduisez-nous d'abord aux cuisines; nous commencerons notre tournée par là, si vous le voulez bien.

Le colonel regarda les deux commandants; les deux commandants regardèrent le colonel.

— C'est que... monsieur le Ministre, les clefs des cuisines ne sont pas entre nos mains.

— Où sont-elles?

— L'officier de semaine en est responsable.

— Où est-il?

— Chez lui, monsieur le Ministre... sans doute...

— Bien... qu'on aille le chercher!...

Le ministre avait eu un ton courtois, mais ferme; le commandant de Saint-Brix, un froncement du sourcil droit et une grimace des lèvres, que la nuit ne déroba pas au chef de bataillon Pussemange. Quant au directeur général Chambeau-Burtin, il affectait un petit air patient qui inquiétait le colonel.

Le chef de bataillon Membre s'en fut donner des ordres au poste.

— Promenons-nous un peu! dit le ministre.

Il se dirigea vers le bâtiment principal. Il

avait à sa droite le colonel, et à sa gauche le directeur Chambeau-Burtin; le commandant de Saint-Brix qui marchait derrière était flanqué du commandant Pussemange et du secrétaire particulier.

On vit revenir le chef de bataillon Membre, accompagné d'un soldat qui portait une lanterne.

— Mon colonel, le planton est parti réveiller l'officier de semaine; j'ai amené un homme-falot.

— Bien!

Le commandant Membre et l'homme-falot prirent la queue du cortège.

— Ces édicules, dit le ministre, sont des water-closets, n'est-ce pas?

— Oui, monsieur le Ministre, des water-closets de nuit; les hommes peuvent s'y rendre à couvert; ils ne sont exposés, par conséquent, ni à la pluie, ni au froid.

— C'est un excellent dispositif.

— Les water-closets de jour sont situés à l'écart, contre la muraille de clôture.

— Parfait! Visitons un de ces water-closets de nuit.

Le ministre gravit quelques marches; il se trouva devant une porte de fer sans loquet. Un bec de gaz éclairait l'intérieur de l'édicule; et il y avait là comme la source d'un fleuve d'odeur. Le ministre ouvrit la porte.

— Ce n'est pas encore trop sale. Est-ce que les pédales fonctionnent bien?

Le colonel s'empressa de les faire jouer lui-même.

— La vidange des tinettes a lieu tous les mois?

— Tous les huit jours, monsieur le Ministre.

— Pendant les chaleurs, tâchez donc de faire arroser chaque matin avec un peu d'huile de naphte.

Le ministre reprit sa marche.

— Vos hommes ont la diarrhée, à ce que je constate.

— Quelques-uns, monsieur le Ministre, précisément ceux qui font usage des water-closets de nuit. Mais je crois pouvoir affirmer qu'aux water-closets de jour la consistance des matières est en général excellente.

Le cortège se reforma dans la cour.

— Combien avez-vous de malades à l'infirmerie?

— Un chiffre normal... une trentaine, je crois.

— Pas de maladies contagieuses?

— La gale, monsieur le Ministre.

— Beaucoup de cas?

— Oh! non... cinq ou six.

— On connaît l'origine de cette infection?

— Ils attrapent ça en ville... vous savez!

Le ministre manifesta le désir de visiter l'infirmerie.

Comme ils en sortaient :

— Votre impression? mon cher directeur, demanda Broudier.

— Mon impression? monsieur le Ministre. Elle n'est pas trop défavorable. Sans doute ces infirmeries régimentaires sont loin de réaliser l'optimum — et le nez du directeur fendait l'air de haut en bas et de bas en haut — mais celle-ci est relativement bien tenue. Je regrette toutefois que les

galeux n'y soient pas munis des petits accessoires
que les hôpitaux modernes mettent à leur disposition.

— Quels accessoires? monsieur le directeur général.

— Un petit grattoir en bois dur, à manche,
pour la région dorsale; et un frottoir en papier
de verre pour les autres régions du corps. Les
hommes peuvent ainsi se gratter tout à leur aise;
et c'est plus propre qu'avec les ongles.

Le cortège se retrouvait au milieu de la cour.

Broudier s'arrêta, toussa, prit un temps, et
d'une voix changée :

— Messieurs, je n'aurai pas le loisir de visiter
les cuisines. Quelque chose de plus grave va
solliciter notre attention et votre zèle.

Il fit une pause.

— Vous le savez, j'ai pour règle de conduite
rigoureuse de ne jamais outrepasser les limites
de ma compétence. Je laisse à d'autres le soin
d'éprouver le degré d'instruction militaire et
les qualités manœuvrières des troupes que le
gouvernement de la République vous a confiées.
Vous avez des chefs de tout premier ordre, sortis
de vos rangs... des chefs techniques... je m'en
remets sur eux...

Il fit une nouvelle pause, puis, baissant la voix :

— Mais ce que nous allons demander de vous
répond à un souci actuel, je dirai même pressant,
du Conseil des ministres. Et à ce propos, messieurs,
je compte sur votre discrétion absolue. L'exercice
qui va se dérouler ne pourra, sans doute, demeurer
entièrement inaperçu de la population. Mais il
importe qu'elle n'en soupçonne pas la nature

véritable. Je le répète, le gouvernement a certaines préoccupations de politique intérieure, et veut être prêt à toute éventualité. Nous connaissons votre loyalisme. Il vous fera un devoir de ne rien révéler des instructions que vous aurez reçues. Et pour que votre silence ne paraisse pas trop mystérieux, je vous autorise à dire qu'un inspecteur est venu vous surprendre, et qu'il a ordonné une alerte de nuit. Pas un mot de plus. Voyez même à faire démentir, d'une façon opportune, les feuilles locales qui parleraient d'une visite ministérielle, ou qui publieraient des détails supplémentaires.

Les trois officiers, émus et fiers à la fois, affirmèrent au ministre qu'il n'avait point à s'inquiéter, et qu'il en irait selon ses désirs.

— J'aurai, maintenant, besoin de la lanterne; mais il ne faut pas que ce soldat reste auprès de nous.

On dépouilla l'homme-falot de son attribut principal, et on le renvoya au poste.

— Martin, donnez-moi la serviette!

Le secrétaire tendit la serviette au ministre, qui l'ouvrit et en tira une vaste enveloppe cachetée de rouge.

Les cachets sautèrent.

— Voici le thème de la manœuvre à laquelle je suis chargé d'assister, et dont vous voudrez bien assurer l'exécution :

« Pendant la nuit, un groupe de conspirateurs armés a réussi, à la faveur de complicités diverses, à s'emparer, par une série de coups de main, de la sous-préfecture, de l'hôtel de ville et de la personne du maire, arrêté à son domicile. Pour se rendre maîtres de toutes les communications, ils tentent d'occuper l'hôtel des postes et la gare. Mais ils se heurtent à la résistance vigoureuse des employés de service, et doivent faire le siège de ces deux établissements.

« Le colonel prévenu donne immédiatement l'alarme à ses troupes; il les envoie sur les points où leur présence est nécessaire, et les fait agir avec vigueur et rapidité.

« Il sera distribué des cartouches à blanc. Une cinquantaine d'hommes, pourvus du manchon, et munis d'armes de fortune, figureront les conspirateurs. »

« Vous le voyez, mon colonel, la plus grande initiative vous est laissée quant aux moyens d'exécution. Nous ne serons juges que des résultats. Je n'ai pas à souligner les mots de « vigueur » et de « rapidité » que contient ce texte, ni à renouveler mes recommandations de tantôt. Ne fournissez à vos subordonnées que le minimum d'explications indispensable.

« Il est à ma montre deux heures quarante. Le jour se lève vers quatre heures et demie, je crois. J'aimerais que tout fût terminé à l'aube. »

Vers les deux heures et quart, Bénin avait dit :
— Si nous sortions? La bande Broudier ne tardera pas à donner des signes de sa puissance. Je crains même que nous ne manquions les premières fusées.

Bénin, Lesueur et Huchon sortirent de la chambre, puis de l'hôtel.

La terre et la nuit étaient étroitement ajustées. Les maisons, les rues de la ville, leurs saillies et leurs creux semblaient n'être que les tenons et les mortaises de cet emboîtement.

Un silence si pur que le moindre bruit y luisait comme un caillou dans l'eau.

Huchon se mit à dire :

— Ambert a moins de réalité que le cimetière de Picpus. Nous avions trop présumé de cette ville. Nous ne parviendrons pas à l'engrosser d'un événement... Tenez!... Écoutez-moi ça... Contemplez ce sommeil... Soyez présents à ce rien... Non, non! Je n'ai jamais admis la création ex nihilo.

« Nous sommes ici, n'est-ce pas... quoiqu'on finisse par ne plus en être très sûr, et qu'une telle absence de tout, horriblement semblable à certains rêves, n'appelle l'idée d'aucun lieu... nous sommes ici... nous attendons quelque chose... Eh bien! il n'arrivera rien, rien ne peut arriver. »

Et il ajouta, en levant les bras :

— Il n'y a même pas de becs de gaz!

— Mais, dit Bénin, il y a le sergent de ville. Il y a le gardien de la paix, de cette paix qui t'épouvante. Tu n'oseras pas prétendre qu'il n'y a pas le gardien de la paix d'Ambert.

— Tais-toi! C'est Satan lui-même. L'imagination grossière du moyen âge a placé Satan dans un royaume de flammes et de cris. Satan règne aux antipodes de l'Être. Il est le seigneur de ce qui n'est pas. Il garde le néant. Il est, en vérité, le gardien de la paix d'Ambert.

Ils débouchèrent dans un petit carrefour, plus noir que les rues, plus silencieux encore, peut-être. Au fond de leur cœur, ils se réjouissaient d'être trois.

— Nous ferions bien de nous arrêter ici. Je crois que nous sommes tout près des casernes. Nous ne perdrons rien de ce qui se passera, et nous ne serons pas vus.

— Quelle heure avez-vous?

— Deux heures trente... ou trente-cinq.

— Je commence à être inquiet.

— Moi aussi, un petit peu.

— En y réfléchissant, il n'y a pas de retard... il a fallu qu'ils s'habillent... qu'ils fassent les deux trajets...

— Je suis inquiet tout de même.

Ils se turent et ils épièrent. Chacun, à son tour, sortit sa montre. Bénin se moucha. Huchon, pour mieux entendre, ôta le coton qu'il avait dans ses oreilles. Lesueur, avec une vieille enveloppe, se fabriqua un cornet acoustique. Puis ils retombèrent dans une morne attente; et ils ne percevaient plus que le contentement, un peu frileux, d'être trois.

Soudain :

« Soldat, lève-toi, soldat, lève-toi... »

Ils sautèrent ensemble.

La sonnerie venait de flamber comme un éclair, avec des zigzags, et tout près d'eux, au milieu d'eux, semblait-il. C'était la chute de la foudre.

« Soldat, lève-toi, soldat, lève-toi... »

Ils jubilaient; ils se tapaient sur l'épaule; ils se prirent les mains.

— Nom de Dieu! C'est bath! Je n'ai jamais été si heureux de ma vie.

La sonnerie reprenait aux quatre coins de la caserne.

Elle cessa.

Il y eut quelques minutes d'un silence noir, tourbillonnant, un gouffre où les choses allaient se précipiter.

« Au rapport, sergent-major! Au rapport, sergent-major! »

Une nouvelle sonnerie de hâte et d'alarme.

Les trois copains vibraient comme une maison de Paris quand passe un autobus.

Dès ce moment, on entendit une rumeur inégale, mais continue, une suite de bruits sourds, comme des roulements et des borborygmes, le signe d'une vaste agitation.

Les copains étaient dans une impatience à la fois si aiguë et si attentive que le temps ne leur durait pas.

Ils étaient appliqués sur la rumeur; ils en ressentaient les moindres ondulations; ils respiraient avec elle.

« Tout l'monde en bas! Tout l'monde en bas! Tout l'monde, tout l'monde, tout l'monde en bas! »

La rumeur grossit, devint plus rude et plus granuleuse. Ce fut un bruit d'éboulement, d'effondrement, et comme la propagation d'une secousse souterraine.

Puis la sonnerie de l'appel, et des ordres criés que la distance brouillait.

— Ils s'ébranlent; ils vont sortir. Est-ce que nous restons là?

— Où irions-nous?

— Du côté des casernes?

— Soit, mais sans nous faire voir. Trois hommes, errant, cette nuit, ce serait suspect.

— Nous nous dissimulerons facilement. Il n'y a qu'à éviter les rues principales.

Ils enfilèrent une ruelle. L'oreille au guet, rasant les murs, ils marchaient à pas de cambrioleurs. Ils tournèrent deux fois à gauche.

Après un coude, ils aperçurent, en avant, une rue assez large, une sorte de boulevard qu'il leur fallait traverser.

— Hum! C'est embêtant. Nous passons?

— Écoutez!

Ils s'arrêtèrent. On distinguait des raclements réguliers et rapides, un peu le bruit que font, dans les montées, certains tramways à vapeur.

— Chut! Ça se rapproche.

— Ça doit être eux, mais c'est drôle.

Ils se tassèrent dans une encoignure.

— Ça suit le boulevard. Nous verrons bien ce que c'est.

Alors, il parut un rang d'hommes inclinés, puis deux, puis trois, qui progressaient par saccades.

— Regardez... ils vont au pas gymnastique!

— Ils courent! Ils volent! C'est de l'enthousiasme!

— Mais combien sont-ils?

— Une section peut-être.

— Oui... et ceux-là?...

— Je te dis que ça fait une section.

— Ils n'ont pas quelque chose au képi?

— Si! Mais si! Ils ont le manchon blanc.

— Tiens! C'est bizarre.

— Ça se corse, mes amis! Broudier est un grand homme. Je l'ai toujours prétendu.

Ils se remirent en chemin avec de nouvelles précautions. La contrainte de se cacher les embarrassait un peu, et aussi l'ignorance où ils étaient du plan de la ville. Mais le passant qui erre dans Londres, au milieu de l'après-midi, mille forces captieuses conspirent à l'égarer; dans Ambert, par une nuit sans étoiles, la tête la plus faible se possède entièrement.

Deux rues se croisaient. Une vieille enseigne pendait à un angle. Bénin, qui menait la file, s'arrêta :

— M'est avis que nous ne sommes pas bien loin du théâtre des opérations. Le mieux à faire, pour l'instant, c'est de nous asseoir sur le bord du trottoir et de fumer une pipe.

Ils s'installèrent.

Soudain, il y eut un coup de feu, suivi de deux autres.

Lesueur, qui venait de faire flamber une allumette, la souffla.

— Vous entendez?

— On ne dirait pas des coups de fusil. C'est trop inégal.

— Et puis trois coups seulement!

— Chut!

On distinguait, vers la droite, derrière le pâté de maisons qui aboutissait à l'enseigne, et pas très loin, un tumulte parsemé de voix et de cliquetis.

Deux coups de feu encore; puis six coups l'un derrière l'autre.

— Ça, c'est un revolver!

— Mais j'y suis! Manchons blancs, coups de revolver, parfait! Il y a une section qui figure les conspirateurs.

— Tu crois?

— Alors, qu'est-ce que font les autres?

— Taisez-vous!

On n'entendait presque plus de bruit. Lesueur frotta une allumette.

Au-dessus d'eux, un volet claqua contre la muraille. Une fenêtre s'ouvrit. Les copains tressaillirent. Lesueur souffla son allumette précipitamment.

— Zut! Collons-nous à cette porte!

— Laisse-moi le temps de regarder.

Là-haut, quelque chose parut qui devait être un bourgeois en chemise coiffé d'un foulard.

— Ah! ah! Ambert a remué! Tu le vois, Huchon, Ambert existe!...

Le craquement d'un feu de salve, comme un tour de scie mécanique, coupa son propos.

Les rues retentirent. Le sommeil se déchira. Plusieurs fenêtres bâillèrent, et il en saillait un homme en chemise, ou une femme en chemise.

On s'interrogea de maison à maison :

— Qu'est-ce que c'est?

— Qu'est-ce qu'il y a?

— Une explosion, pour sûr!

— Ou des assassins!

— Des fois que ce serait le gazomètre?

— Le gazomètre! Ils ont un gazomètre! dit Huchon d'une voix songeuse. Et du regard il attestait l'ombre immaculée.

— Tais-toi!

— Bénin, tu es là?

— Oui... tu me vois bien!

— Tu ne trouves pas qu'il serait prudent de bouger un peu. Nous finirons par nous faire remarquer...

La fusillade reprit, mais à la fois plus irrégulière et plus terrible. Des centaines d'hommes devaient tirailler individuellement, ou par petits pelotons.

La paix d'Ambert n'y résista pas. Ainsi qu'une poussière innombrable s'élève d'un tapis battu, d'Ambert, de tout Ambert, de toute sa surface et de toute son épaisseur jaillirent brusquement des voix, des cris, des flammes, des gesticulations.

Des femmes hurlaient; on allumait des lampes; on les tendait hors des fenêtres; les verres cassaient et tombaient; le bas des maisons, comme un distributeur automatique, lâchait des hommes. Ils ricochaient sur la rue; ils s'entrechoquaient. Plusieurs finissaient par rester immobiles, ventre à ventre, la bouche ouverte, les yeux cloués. D'autres se mettaient à courir en retenant leur pantalon.

Les trois copains se défilèrent.

Des sonneries de clairon bondissaient par-dessus la fusillade. Il y avait des accalmies, des instants où le tumulte semblait s'aplatir contre le sol, et faire le mort. Puis il se relevait, il reprenait sa taille et sa force.

— Je commence à être inquiet, dit Bénin. Il me semble que nous avons fichu le feu à la forêt de Fontainebleau en jetant un bout de cigare.

— Hum! Qu'est-ce que doit penser Broudier?

— Lui? Je le connais. Tour à tour il se tortille les mains et il caresse sa moustache. Il renifle le chahut avec des grognements d'aise.

Dans toutes les rues, ruelles et carrefours des gens s'agitaient, couraient, criaient. Ce n'était pas une affluence. C'était un pêle-mêle de corps désorientés.

Ambert ressemblait à du lait qui tourne. Il y naissait des filaments, des caillots, des traînées qui grouillaient au hasard; de quoi faire vomir un estomac faible.

Les trois copains barbotaient là-dedans. Ils ne cherchaient plus à se diriger; ils ne se préoccupaient que de rester ensemble; ils se faufilaient, l'un tirant l'autre, Bénin en tête, Lesueur en queue; ils s'appelaient, ils s'attrapaient le bras, ils s'accrochaient par un pan de veste. Ils étaient à eux trois une sorte de bête furtive, rapide, perfide, une couleuvre amie des broussailles et des hautes herbes.

Ils voulaient jouir de l'événement tant qu'ils pouvaient, le suivre dans toutes ses directions, le ressentir dans toutes ses secousses.

Mais voilà qu'ils pénètrent dans une région congestionnée où le tumulte devient une douleur.

Ils sont inopinément à l'entrée d'une place remplie. Un cadran luit sur une façade; le ciel bleuit derrière un faîte. Des clairons sonnent. Une fusillade qui formait bloc se casse, s'émiette, s'annule.

Les clairons reprennent. Des voix commandent. Une masse s'ébranle. Il se fait un vide dans le fond de la place, comme dans un corps de pompe. La foule de deux rues est aspirée avec un sifflement. Mais les deux rues à leur tour aspirent le reste de la ville. La multitude se ramasse, se canalise, afflue, conflue, Ambert existe, d'un jet.

VI

LE RUT D'AMBERT

Le prêtre venait de bredouiller les annonces de la semaine. Il s'arrêta, puis d'un autre ton :

— Mes bien chers frères...

L'auditoire, un peu couché, se rebroussa.

— Mes bien chers frères, je n'aurai pas aujourd'hui la joie de poursuivre avec vous ces petits entretiens dominicaux dont nous avions la pieuse habitude. A vrai dire, le regret que j'en éprouve est purement égoïste. Si j'envisage l'intérêt de votre âme et l'œuvre de votre salut, je m'applaudis, au contraire, qu'il vous soit donné d'entendre une voix plus diserte et plus autorisée que la mienne.

« Apprêtez-vous, mes frères, à une douce surprise. Le Père Lathuile, l'orateur éminent et le docte théologien, le confident des princes de l'Église et le familier des grands de la terre, le Père Lathuile est parmi nous. Hier encore nous ignorions son retour de Rome. Hier encore nous le croyions dans la Ville Éternelle, et déjà il mettait le pied dans le chef-lieu de notre arrondissement. Qui eût pensé qu'il se détournerait spontanément de sa route, qu'il franchirait l'enceinte ardue de nos montagnes pour venir répandre sur nos âmes un peu de la bonne semence qu'il a puisée à pleines mains dans le giron de Pie X? Aussi concevrez-vous quels furent notre étonnement et notre confusion quand il nous fit, ce matin même, l'honneur de se présenter à nous, et nous exprima le désir de prendre la parole au cours de la grand-messe. Sans doute eussions-nous souhaité, pour reconnaître une telle faveur et n'en rien laisser perdre, organiser une réunion plénière, par convocations et par affiches. Ceux de nos paroissiens qui, dans l'ignorance d'un si agréable événement, ont assisté aux premières messes, nous en voudront peut-être d'avoir célébré sans eux ce festin spirituel. Mais le temps du Père Lathuile est trop précieux pour que nous ayons songé à lui demander un délai.

« Mes bien chers frères, dans vos yeux se lit toute votre impatience. Je ne l'aviverai pas davantage. Avant de quitter cette chaire, et de céder la place à notre hôte, je vous supplierai seulement d'appeler dans votre âme une attention et une ferveur exceptionnelles. C'est la pure doctrine romaine, c'est la voix même du successeur de saint Pierre qui va parvenir jusqu'à vous. Les enseignements les plus intimes du Souverain Pontife, ses pensées les plus chères, je dirai même les plus secrètes, vont vous être communiqués. Comme moi, vous restez confus de l'honneur qui vous est fait. Mais je suis sûr que vous vous en montrerez dignes. »

Le prêtre disparut dans l'escalier de la chaire comme dans la spirale d'un toboggan. L'auditoire, une minute, fut en proie à soi-même.

On attendait le Père Lathuile avec véhémence;

il se forma, au milieu de l'église, un vide aspirateur. L'auditoire avait soif du Père Lathuile; l'auditoire était pendu à la chaire; comme un jeune pourceau qui presse, mordille et secoue une tétine.

Le Père Lathuile suinta lentement. On le sentit venir avant de le voir; et on le vit peu à peu; le crâne, la face, le cou, le buste, la ceinture. Il avait des cheveux abondants, de la barbe, un torse massif; quant à la taille, il semblait plutôt petit que grand. Son costume était celui d'un moine, mais de quel ordre? On hésitait à le dire. Dominicain? Franciscain? Oratorien?

Le Père Lathuile posa la main gauche sur le rebord en velours de la chaire; fit un signe de croix, remua les lèvres. On pensa qu'il priait.

Au vrai, il s'adressait à lui-même l'exhortation suivante :

« Mon vieux Bénin! il ne s'agit plus de flancher. Te voici comme le plongeur à l'extrémité de la planche. Va falloir piquer une tête, et ne pas boire la tasse! »

Il regarda devant lui.

« Si, au moins, j'apercevais les poteaux! Ça me donnerait du courage! »

Mais il ne distinguait rien. Il avait une brume à quelque distance des yeux. Ou plutôt, il ne voyait que par masses, que par ensembles. Les détails ne s'évanouissaient pas tout à fait; ils perdaient leur sens propre; Bénin n'arrivait pas à les identifier.

Quelque chose s'étendait bien dans l'espace inférieur. Il aurait appelé ça un dos de bête, une peau uniformément granuleuse et pustuleuse. Il prenait les visages tournés vers lui pour des espèces de papilles gonflées d'humeur.

Mais cette trouble contemplation ne pouvait durer. Il fallait des mots.

Bénin commença, d'une voix incertaine qui s'affermit progressivement :

— Mes frères, Notre Seigneur Jésus-Christ a dit quelque part : « Que ceux qui savent comprendre, comprennent. » Parole mystérieuse! Parole inquiétante! Depuis dix-neuf siècles que la science des docteurs s'applique à pénétrer les divins préceptes, ils nous sont devenus familiers par la lettre, sans que nous soyons en droit de dire qu'ils ne nous demeurent pas étrangers par l'esprit.

« De tous les avantages spirituels que j'ai retirés de mon long séjour à Rome, il n'en est pas que j'estime à plus haut prix que le contact étroit et permanent avec la pensée vivante de l'Église. C'est là que j'ai senti combien s'abusent nos adversaires quand ils reprochent à la foi catholique de croupir dans la stagnation, quand ils nous croient figés et comme pétrifiés dans les mêmes concepts et les mêmes pratiques.

« Et, certes, j'avoue que ce préjugé peut trouver quelque confirmation dans le spectacle de certains fidèles plus préoccupés d'une observance formelle que soucieux d'une compréhension intérieure. En particulier, il semble qu'une prudence timorée, une routine tatillonne, tant en manière de foi que sous le rapport des œuvres, soient devenues la loi dans plus d'un recoin de nos provinces françaises, que la difficulté des moyens de communication, la rareté des échanges intellectuels, mettent à l'abri des contagions dangereuses et des entraînements passagers du siècle, mais qu'elles isolent en revanche de ce que j'appellerai la circulation de la vérité et la pulsation de la vie. »

Bénin prononça les derniers mots sur un geste large des deux bras; puis il fit une pause. Il avait toute son assurance. Il ne baignait plus dans un brouillard douteux; il sentait monter autour de lui comme une exhalaison légère et inflammable, qui se mélangeait à l'air de sa respiration et qui s'insinuait jusqu'à sa cervelle.

Déjà il distinguait des régions dans l'auditoire. Il ne lui trouvait ni la même consistance, ni la même résistance partout.

En face, une partie molle, inerte, qui absorbait les paroles, au fur et à mesure, sans en paraître affectée, mais qui avait une importance de situation et appelait un effort spécial.

Plus près, et, semblait-il, plus bas, entourant la chaire, une zone singulièrement ingrate et revêche. La pensée, en tombant dessus, faisait un bruit sec.

Au-delà, sur la gauche, en allant vers le portail, une masse un peu confuse, assez docile, capable de fermenter, mais qui pour l'instant devait éprouver un sentiment de dépendance et de subordination.

A droite, en allant vers le chœur, une partie peu volumineuse, mais cohérente, qui sonnait plein, d'un maniement agréable.

Bénin reprit :

— C'est ainsi que, mes bien chers frères, surtout dans l'époque moderne, et depuis la malheureuse agitation de la Réforme, il semble que la pensée et l'action chrétiennes de notre pays se soient comme hypnotisées sur certains points de morale, je dirai même sur certains scrupules de mœurs, qui ont bien leur intérêt, mais qui ne méritaient peut-être pas de retenir, d'accaparer, d'immobiliser toutes les forces. Ces questions si particulières ont paru devenir le pivot de la vie religieuse. On a négligé en leur faveur des soucis plus graves; on a laissé en jachère un domaine spirituel autrement étendu.

« Or, en agissant ainsi, les chrétiens auxquels je fais allusion n'ont pas douté une seconde qu'ils fussent fidèles à l'enseignement du Christ. Même lorsqu'ils avaient conscience de contrarier le vœu profond de la nature, ils se plaisaient à croire qu'ils respectaient l'intention formelle du Créateur.

« Précisons notre pensée. Il est incontestable qu'au rebours de la plupart des autres religions, paganisme, islamisme, brahmanisme... le catholicisme moderne a fait de l'impureté, ou de ce qu'il appelle ainsi, un vice fondamental, et de la pureté la vertu peut-être la plus précieuse, la plus céleste, celle dont le parfum est le plus recherché de Dieu. Pour n'être pas inscrite au nombre des vertus théologales, elle n'en a pas un moindre prestige, et mon expérience de confesseur me permet d'avancer que bien des vierges, d'âge mûr, se pardonnent aisément à elles-mêmes un manque presque absolu de charité, à la faveur de leur corps intact. »

Bénin contempla de nouveau l'auditoire; il le perçut dans le détail.

En face, il y avait le banc d'œuvre, et deux rangs d'hommes, quadragénaires, quinquagénaires et sexagénaires, cossus, pansus et cuissus, des faces rondes et des yeux ronds, mains bouffies et lèvres épaisses, une douzaine de vieux mâles bien alimentés, comme un jury qui sort de table d'hôte, et qui s'installe pour un huis clos.

Plus près, entourant la chaire, débordant de la nef sur les bas-côtés, une couche de vieilles filles, noires, dures et biscornues comme des escarbilles, vraiment une charretée de résidus, un dépotoir de boîtes à cendre comme on en voit autour des gares.

A droite, en remontant vers le chœur, des familles bien mises, proprement alignées, pas trop serrées les unes contre les autres, et qui ne demandaient pas mieux que de croire sur parole le Père Lathuile.

Sur la gauche, un fretin plus mélangé; beaucoup de femmes non accompagnées, des mères avec leur demoiselle, quelques vieux commandants qui tripotaient un chapelet entre des doigts noueux d'arthrite; quelques jeunes hommes pâles et chastes, frigorifiés dans les patronages; au bout, quelques pauvres et pauvresses de M. le Curé.

Mais surtout, presque en face, à deux pas du banc d'œuvre, flanquant un pilier :

Huchon, ses grosses lunettes bien d'aplomb, ses yeux luisants, immobiles, comme deux pierres de prix;

Omer, dont le visage prenait une couleur angoissante, tandis que son nez rouge évoquait on ne sait quoi d'obscène;

Broudier, qui avait l'air papelard et attentif.

Bénin repartit avec un nouveau courage :

— Jusqu'où, mes frères, n'est-on pas allé dans cette voie? On ne s'est point contenté de réprouver les effusions les plus naïves, les plus innocentes, par quoi se manifeste l'attrait des sexes l'un pour l'autre. Le mariage lui-même est devenu suspect. Ce sacrement, de fondation divine, a été considéré comme un pis-aller; les devoirs qu'il comporte comme un exutoire de la lubricité humaine. Des directeurs de conscience trop zélés ont obtenu de pénitentes trop dociles qu'elles rebutassent leurs époux par un mauvais vouloir quotidien; et ces malheureuses ont cru sanctifier leur couche, en en bannissant le rite même auquel l'a destinée le Créateur.

« Car, mes bien chers frères, c'est par une étrange bévue que les fanatiques de la pureté mettent leurs idées au compte de Dieu. Rien, dans l'Ancien ni le Nouveau Testament, qui les y autorise. Ces ennemis de la vie, de l'amour et de la fécondité se réclament du Dieu des Patriarches, du Dieu qui a si visiblement favorisé les époux vigoureux et les pères prolifiques; du Dieu qui a dicté le *Cantique des Cantiques*, le chant le plus ardent, le plus voluptueux qui ait retenti sous une nuit orientale, et qui, si je le redisais du haut de cette chaire, atterrerait leur pudeur huguenote; ils se réclament du Christ, qui fit de l'amour sous toutes ses formes la vertu par excellence, du Christ qui fut l'ami indulgent de la pécheresse Madeleine, du Christ qui protégea la femme adultère, du Christ qui a résumé sa doctrine dans ces deux préceptes : « Aimez-vous les uns les autres! » — « Croissez et multipliez! »

Bénin reprit du souffle. Les hommes bien nourris du banc d'œuvre souriaient avec complaisance. Les familles de droite s'étonnaient, mais ne perdaient pas un mot de ce sermon de gala. A gauche, les commandants en retraite éprouvaient on ne sait quel chatouillement dans leurs articulations bloquées, on ne sait quelle chaleur dans leurs mains noueuses. Les adolescents, frigorifiés dans les patronages, regagnaient rapidement de la température, et lorgnaient d'un œil trouble les demoiselles accompagnées, d'un œil plus trouble certaines des dames qui accompagnaient les demoiselles. Mais les vieilles filles se tortillaient de malaise; elles se retournaient, se regardaient, se penchaient l'une vers l'autre, se chuchotaient une réflexion à l'oreille, poussaient un soupir, toussaient, ravalaient une mucosité, ou entamaient un *Ave Maria* pour chasser quelque vision.

Cependant les yeux de Huchon devenaient inquiétants; ils luisaient de plus en plus, pas comme des pierres.

Le nez d'Omer exigeait un pagne, ou à tout le moins une feuille de vigne.

Broudier évoquait au vif le satyre du bois de Boulogne.

— Ah! mes frères! Je crois encore entendre S. S. Pie X, je crois entendre ce robuste Vénitien, dans une de ces conversations familières, où il me fit tant de fois l'honneur de m'admettre, s'élever avec fougue contre les maniaques de l'abstinence :

« Per Bacco! s'écriait-il, son fuor di me dalla stizza quando vedo costoro castrati... Je suis hors de moi, s'écriait-il, quand je vois où les emporte leur zèle déraisonnable. Ils vont nous aliéner tous ceux qui ont reçu du Ciel le présent d'un corps vigoureux et d'un sang riche; tous ceux qui sont dignes de s'appeler des hommes. Les bataillons de l'Église militante ne se composeront plus que de vieilles femmes, de nabots, de maléficiés et de mangrelous. La belle armée! et dont je serai fier d'être le chef! »

« Oui, mes frères, il est temps de dénoncer cette hérésie; il est temps de réagir contre cette fausse morale, où semble revivre la frénésie de Calvin, et où je subodore l'esprit de Satan. Car, fecit cui prodest. Qui plus que Satan trouve intérêt à contrarier les desseins et à compromettre l'œuvre de Dieu? Dieu a créé l'homme et la femme. Il les a pourvus des organes nécessaires à l'accomplissement des vues qu'il a sur l'humanité. S'il y a joint le besoin instinctif de s'en servir, l'aptitude naturelle à en tirer toutes les ressources, les vives jouissances qui naissent de leur usage, et qui, loin de s'émousser, s'accroissent par la répétition; c'est qu'il a proportionné les moyens à l'importance du but, et qu'il n'a rien épargné pour le succès.

« Secondons-le, mes frères! Notre paresse à marcher dans les voies du Seigneur serait d'autant moins excusable qu'ici le devoir se confond avec le plaisir.

« Restituons d'abord l'union des deux sexes dans sa dignité et son efficacité! Persuadons-nous que toute négligence, toute tiédeur dans la célébration du rite conjugal est un péché au même titre que l'absence aux offices ou que l'éloignement du Tribunal de la Pénitence. L'époux trop réservé, l'épouse qui se dérobe ou qui se prête à regret n'ont point à compter sur la bienveillance de Dieu. Mais les couples qui ont pleine conscience de leur mission, ceux qui estiment n'avoir jamais confirmé assez de fois le lien qui les unit, ceux qui, non contents de prodiguer leurs forces, ne craignent pas d'en excéder la mesure, et par la fréquence, la durée, l'ardeur de leurs exercices, témoignent qu'ils immolent une chair périssable à des fins éternelles; ceux qui, saintement ingénieux, et comparables aux ascètes qui multiplient les circonstances, les postures, les péripéties de la prière, stimulent leur propre ferveur en tentant chaque jour quelque pratique dont ils n'ont point encore éprouvé la vertu; ceux-là, je les nomme les amis et enfants de Dieu.

« Qu'une épouse ne vienne point me dire : « Mon Père, j'ai quant à moi beaucoup de bonne volonté; mais mon mari ne manifeste aucun empressement; il semble vivre dans l'oubli complet de ses devoirs. » Je lui répondrais ce que je réponds aux femmes qui se plaignent à moi de l'indifférence religieuse de leurs maris : « A qui la faute? Le remède n'est-il pas entre vos mains? » Je lui répondrais : « Et vos devoirs à vous, les avez-vous remplis? Je me plais à croire qu'un régime débilitant, qu'une nourriture trop parcimonieuse ou trop fade n'entretiennent point chez votre conjoint la mollesse qui vous afflige. Mais avez-vous mis en œuvre toutes les ressources dont vous disposez? Avez-vous saisi chaque occasion de susciter dans son âme l'idée et l'image même de ses devoirs? Votre bonne volonté, vos désirs louables lui ont-ils clairement apparu? Certains regards, certaines expressions du visage, certaines attitudes ont la plus heureuse influence. Un costume moins sévère, qui dérobe moins jalousement la personne, peut piquer et réchauffer l'imagination. Et quand la nuit vous rapproche dans l'étroite intimité de la couche, quand votre beauté n'a plus d'autre rempart qu'un léger voile, quand elle s'abandonne à tous les hasards du contact, à toutes les hardiesses du toucher, est-ce que certains mouvements à demi involontaires, certains gestes à peine conscients n'iront pas donner le branle à des familiarités fécondes? Rougirez-vous de porter la main sur une initiative que la nature certes ne vous a pas dévolue, mais que vous seriez coupable de laisser sommeiller trop longtemps? »

« Et qu'un époux ne me dise pas : " Mon Père, je suis dévoré de zèle; mais ma femme m'oppose une invincible froideur, quand ce n'est pas une répugnance mal dissimulée." Je lui répondrais plus vivement encore . " Dieu, m'écrierais-je, vous a confié un champ. S'il n'est pas resté en friche, il n'en vaut guère mieux. Un labourage nonchalant et superficiel, que n'ont point complété d'autres travaux, ne pouvait produire une meilleure moisson. De quoi vous plaignez-vous? Vous répliquerez que le sol est ingrat? Je le concède; mais Dieu voulait doubler votre mérite. Vous l'avez déçu. Ne me parlez pas d'invincible froideur! Avez-vous déjà vu un enfant s'amuser avec une boule de neige? Il la saisit, il la pétrit, il la masse; tour à tour il y promène et il y enfonce les doigts; il l'approche de sa bouche, il la frôle de son haleine... Peu à peu la neige fond et se couvre de goutte-lettes. Aurez-vous moins de savoir-faire? Aurez-vous moins de patience? " »

Le Père Lathuile dévisagea l'auditoire.

Broudier, Huchon, Omer s'étaient glissés insensiblement derrière trois femmes assises, et semblaient prêts à leur bondir dessus.

Les vieux mâles du banc d'œuvre avaient des faces d'apoplexie; tous étaient violets; après avoir beaucoup sué, ils ne suaient plus; ils roulaient des yeux désorbités; ils cherchaient une proie soudaine.

A droite les familles se sentaient redevenir des

couples; il y avait des regards humides, des souffles brefs, des pressions de genoux et de hanches.

A gauche les jeunes filles tremblaient dans l'appréhension d'elles ne savaient quoi. Les adolescents, la gorge sèche, remuaient les mains. Quant aux mères, les unes étaient envahies par l'épouvante, les autres traversées par des souvenirs comme par des lames rougies.

Les commandants en retraite palpaient des yeux les reins d'une voisine, et s'affolaient de n'en pas mieux connaître l'élasticité.

Mais le tas de vieilles filles était pareil à quelque chat long, osseux, à la fois hérissé et pelé, noir et déteint, un chat de concierge qui aurait des convulsions pour avoir avalé le cordon de sonnette.

— Et maintenant je me retournerai vers les filles qui ont mûri dans le célibat. Je leur dirai : « Cessez de vous prévaloir d'une morne virginité! N'espérez pas en la sollicitude d'un Dieu dont vous blâmez si ouvertement la création. Ou changez au plus tôt de conduite. Sans doute est-il un peu tard pour quelques-unes d'entre vous. Quel homme serait si prodigue, qu'il jetât sur un tas de vieilles broussailles une semence que réclament tant de terres grasses et meubles? Mais les autres n'ont plus un instant à perdre. Que l'année ne s'achève point sans qu'elles aient tenté un effort pour se hausser à une vie vraiment chrétienne! »

« Puis je m'adresserai aux jeunes gens, garçons et filles. Je les supplierai de ne point trop différer un examen sérieux de leur mission terrestre. Ils ont non seulement à assurer leur propre salut, mais encore à réparer bien des fautes de leurs devanciers. Jeunes filles, craignez l'humiliation du célibat,

craignez une vie déchue! Favorisez les desseins
de Dieu. Vous toutes, je me plais à le croire, aspi-
rez du fond de votre âme aux saintes extases de la
couche. Ne souffrez pas qu'on entrave cette voca-
tion. Si autour de vous des esprits aveuglés s'op-
posent à une union que vous jugez raisonnable,
laissez les événements ajouter leur éloquence à vos
prières. Dieu ne vous gardera pas rigueur d'avoir
escompté sa bénédiction.

« Vous, jeunes hommes, souvenez-vous que Dieu
vous a pourvus de cette initiative dont je parlais
tantôt. Comme Moïse, vous portez la verge mira-
culeuse qui fait jaillir l'eau du rocher. Montrez que
vous estimez ce privilège à sa valeur. Ah! jeunes
hommes! j'aimerais que votre fougue ne sût pas se
contenir. J'aimerais que, dédaigneux d'une vaine
dissimulation, vous prissiez Dieu, dans sa maison
même, comme témoin de votre impatience. Ah!
mes frères, oserons-nous renouveler les naïfs
transports des premiers chrétiens? Retrouverons-
nous la ferveur des agapes, où, loin des froides
perversités du siècle, tous les membres de la
communauté, hommes et femmes, garçons et
filles, possédés par un immense amour, en proie à
l'Esprit, se précipitaient dans les bras les uns des
autres, et confondant leurs baisers... »

Brusquement, Huchon, Broudier, Omer se
penchent en avant, saisissent par les épaules les
trois femmes assises, les soulèvent, leur étreignent
le buste, leur prennent la bouche.

Un vieux mâle enjambe la clôture du banc
d'œuvre, et la première des vierges mûres qui lui
tombe sous la main, il l'empoigne.

Un adolescent colle ses lèvres sur la nuque d'une

jeune fille. Un commandant en retraite, sur une croupe, abat ses mains noueuses. Des femmes s'inclinent vers leurs maris, qui leur encerclent la taille et leur palpent la poitrine.

Les mères crient; les vieilles filles crient et se sauvent en renversant les chaises.

D'autres hommes s'élancent du banc d'œuvre. Les trois copains fourragent les dessous des trois femmes. Vingt adolescents assaillent les demoiselles accompagnées. Les commandants pétrissent des hanches.

L'auditoire se crispe en groupes convulsifs.

Et Bénin, le bras encore étendu, juge inutile d'achever sa phrase.

VII

DESTRUCTION D'ISSOIRE

L'après-midi de ce même jour, entre trois heures et quatre heures, la matière d'Issoire subit des changements profonds.

Elle se contracta et acquit en densité ce qu'elle perdait en volume.

Les maisons de la périphérie se vidèrent d'abord; les portes faisaient un à un des hommes vêtus de noir, comme une chèvre fait ses crottes, et jusqu'à épuisement. Cette espèce d'envie gagna les maisons de proche en proche. A quatre heures toutes s'étaient soulagées.

Une fois dehors, les hommes se mettaient en marche. Il n'y avait qu'un sens et qu'une vitesse.

De carrefour en carrefour les itinéraires convergeaient. Il se formait ainsi des rues de plus en plus épaisses, de plus en plus lentes.

Cependant que, vers le centre de la ville, la place Sainte-Ursule gonflait comme un biniou.

A quatre heures Issoire était devenu la place Sainte-Ursule.

On allait inaugurer au milieu de la place la statue équestre de Vercingétorix.

La chose avait traîné longtemps. Une première souscription nationale, organisée sept ans plus tôt, n'avait produit que la somme de soixante-seize francs vingt. Avec cette somme, le Comité d'initiative fit établir un modeste terre-plein sur la place Sainte-Ursule.

La vue de ce terre-plein finit par provoquer, au bout d'un an, l'ouverture d'une souscription régionale. L'élan de la région fut tel que l'on recueillit huit cent trente-deux francs. Avec cette somme, le nouveau Comité fit construire sur le terre-plein un socle de granit.

La vue de ce socle eut le meilleur effet sur un riche entrepreneur de démolitions, originaire du pays, et qui passait à Issoire un mois de vacances. Il offrit à la ville un cheval de bronze qui provenait de la démolition du Palais de l'Industrie.

Le cheval de bronze fut amené à Issoire aux frais du donateur. Il ne manquait plus que Vercingétorix. En attendant, on logea le cheval à l'hôtel de ville, dans la salle des mariages.

Et voilà qu'au commencement même du mois d'août un jeune sculpteur parisien, qui se disait « admirateur passionné du héros arverne », avait écrit au conseil municipal pour lui proposer de parachever le monument, et de donner au cheval un cavalier digne de lui. Il ne voulait aucun salaire. L'honneur lui suffirait.

C'était une aubaine. Les journaux locaux se montrèrent enthousiastes. On forma hâtivement un Comité d'honneur et un Comité d'action. Dans une seconde lettre, le jeune sculpteur annonça que son œuvre, ébauchée depuis plusieurs mois, ne réclamait plus que quelques jours d'un travail fiévreux. On l'avait invité à se rendre à Issoire « pour prendre des mesures ». Il répondait que c'était inutile; qu'au cours d'un voyage « incognito », il avait examiné de près le socle et le cheval de bronze; qu'il possédait à ce sujet des notes abondantes et précises, et que tout irait parfaitement. Il se bornait à demander qu'on installât d'avance le cheval sur son socle, pour qu'il n'eût pas à s'en occuper. La veille, ou le matin de l'inauguration, Vercingétorix serait apporté place Sainte-Ursule, par les soins mêmes de l'artiste, et fixé sur sa monture. Un voile recouvrirait l'ensemble de la statue jusqu'à l'heure des discours. Le maire avait offert au sculpteur l'hospitalité de sa maison pour la durée de son séjour à Issoire. Il remerciait avec beaucoup de politesse. Il préférait descendre chez un sien ami, dans la demeure de qui il trouverait des commodités particulières pour certains apprêts techniques de la dernière minute.

De fait tout avait bien marché. On avait installé, non sans peine, le cheval sur son socle. Le socle était un peu petit, mais solide. Pour aiguiser la curiosité publique, on avait jeté une bâche sur le cheval.

Le jeune sculpteur parisien était arrivé à Issoire, mais si discrètement que personne ne l'avait vu. On n'avait pas remarqué davantage que le chemin de fer eût livré une caisse ou un ballot de taille à contenir Vercingétorix. Mais on n'en conçut que plus d'estime pour un artiste qui aimait moins le bruit que la besogne.

Le dimanche de l'inauguration, vers midi, quand

les rues sont vides, un camion chargé était venu s'arrêter place Sainte-Ursule, contre le terre-plein. Trois aides, en blouse blanche, avaient hissé rapidement Vercingétorix sur son cheval, sans le sortir de l'appareil qui le protégeait : une sorte de châssis de bois qu'une toile recouvrait de toutes parts. Vercingétorix échappait ainsi aux yeux des hommes et au contact de la toile.

— Vous comprenez, dit un des aides aux quelques badauds rassemblés, la dorure n'est pas encore bien sèche, et la toile, en frottant dessus, ferait du dégât.

A quatre heures, la place Sainte-Ursule avait accaparé la substance d'Issoire, et la soumettait à un ordre nouveau.

Le centre d'Issoire, le nombril du monde, le siège de la divinité, c'était la statue.

On ne la voyait pas encore, mais on l'imaginait. Tous les esprits projetaient au même point une vision de Vercingétorix à cheval; dix mille fantômes s'entrechoquaient, se pénétraient, s'identifiaient.

En face de la statue voilée, une petite tribune, tendue d'étoffe tricolore, prenait racine dans l'épaisseur d'une musique militaire.

Autour de la statue, en rangs concentriques où la musique militaire faisait comme une nodosité, les notables, vêtus de leur costume d'enterrement, les fesses épatées sur des chaises.

Autour du disque noir des notables, une zone mince et transparente : les enfants des écoles, sur des bancs.

Autour d'eux, un cercle de gens debout, des invités de seconde classe : une espèce de remblai en terre bien tassée.

Autour des gens debout, un cordon de fantassins, l'arme au pied.

Derrière les fantassins, la foule amorphe.

Au plus obscur de la foule amorphe, Bénin, Broudier, Huchon, Omer, comme un calcul dans un rognon.

Omer chuchotait :

— Ça ne peut pas réussir. Personne n'y coupera une minute.

Broudier répondait :

— Pas sûr, mon vieux! Il a fait ce métier-là dans les baraques foraines, du temps qu'il battait la purée.

Huchon essuyait ses lunettes.

Le programme de la cérémonie comportait, d'abord :

La Marseillaise, par la musique militaire;

Le Soleil d'Espagne, chœur, par les enfants des écoles;

Tic, toc, tin, tin, tin, pas redoublé avec chants, par la musique militaire;

Dans les halliers, chœur, par les enfants des écoles;

Puis les discours.

La série en était ouverte par M. Cramouillat, député d'Issoire et conseiller général, président du Comité d'action. C'était même à la fin de son premier mouvement oratoire, sur les mots : « Te voici, Vercingétorix! » que la statue devait soudain apparaître aux yeux.

On avait dressé comme un treuil, derrière la statue. Il suffirait qu'un manœuvre tirât sur une corde pour que le léger appareil qui cachait l'effigie s'enlevât d'un coup et vînt se poser sur le sol. Les notabilités ne laissaient pas d'admirer ce dispositif, qui leur remettait en mémoire les trucs les plus fameux du théâtre de Clermont.

Après le dernier refrain de *Dans les halliers*, et quand se furent éteints les bravos de la foule, M. Cramouillat prit la parole.

Il commença par quelques souhaits de bienvenue aux autorités et notabilités. Puis il rappela la longue gestation du monument. Il le montra, sortant du sol de la place Sainte-Ursule, grandissant d'année en année avec force et patience, comme un chêne d'Auvergne. Il salua au passage toutes les initiatives, tous les dévouements, toutes les générosités, qui se partageaient le mérite de cette œuvre presque décennale. Et c'est alors seulement qu'il s'écria :

— Te voici, Vercingétorix!

La corde grinça; l'appareil s'enleva; Vercingétorix apparut.

La foule fit un vaste applaudissement.

Vercingétorix éblouissait les regards; il luisait comme un chaudron neuf. On ne voyait que cela, d'abord.

Vercingétorix avait une pose simple, mais belle : la main gauche sur la cuisse, la main droite tenant les rênes de son cheval.

Vercingétorix était nu. Il avait pour tout équipage un bouclier, pendu à son dos; une sorte de sac, de musette gonflée, sur le flanc gauche; et des brodequins.

Vercingétorix avait une tête martiale, certes, mais singulièrement poilue; sa barbe lui remontait jusque sous les yeux, lui inondait les joues, et confluait avec une épaisse tignasse.

Il avait le corps poilu comme la tête; la toison longeait le sillon de la poitrine, s'épandait sur le ventre, et foisonnait plus bas. Cheveux et poils, d'ailleurs, parfaitement imités.

Son sexe, bien étalé sur l'échine du cheval, frappait à la fois par sa grosseur et par son naturel. Les dames, et plus d'une jeune fille, n'en finissaient pas de l'admirer.

Bref, l'impression était excellente. Chacun disait :

— Ce que c'est réussi! Ce que c'est vivant! Ce que c'est craché! Il ne lui manque que la parole.

M. Cramouillat reprit :

— Te voici, Vercingétorix! Désormais ta noble stature va dominer notre forum. Tu contempleras d'un œil bienveillant nos travaux et nos luttes. Du haut de ton cheval, tu nous mèneras au bon combat. Ah! il me semble que j'entends les exhortations que tu nous adresses, les conseils que tu nous donnes. Il me semble que j'entends ta voix rude. Tu nous dis : « Enfants d'Auvergne! Mes enfants! J'ai peiné, j'ai souffert, je suis mort pour la liberté, pour les droits du peuple. Avec ma sueur, avec mon sang, j'ai cimenté les bases de la démocratie. J'ai... »

Alors, il se produisit quelque chose de si effrayant, de si miraculeux, de si impossible que chacun douta de sa raison, et pâlit.

La statue ouvrit la bouche, la statue cria :

— C'est pas vrai!

Elle se tut, puis cria encore :

— J'ai jamais parlé de ça! Et d'abord, je te défends de me tutoyer! C'est pas devant moi qu'il faut sortir tes boniments. Vieille lope! Tête de chou! Fatigué! Tu vas me faire rendre ma nourriture! Fous le camp! que j'te dis! Fous le camp! plus vite que ça!

Sur ces mots, Vercingétorix, fouillant dans sa musette, en tirait quelque chose qu'il lançait violemment sur la face ronde de Cramouillat.

— Et vous autres! Qu'est-ce que vous avez à me regarder? Parce que je n'ai pas de redingote ni de tuyau de poêle? Tas de bouffis, va! Attendez que je vous décolle le cul de vos chaises!

Il sortit de sa musette d'autres pommes cuites, et des deux mains il en mitraillait les notabilités.

Le saisissement général devint épouvante, l'épouvante, panique. Tous n'eurent qu'une idée : soustraire leur personne périssable à cet événement surnaturel.

Cramouillat dégringola de la tribune; les notabilités s'enfuirent en renversant les chaises; les enfants des écoles, avec des cris perçants, se précipitèrent sur le rempart des invités debout, qui s'éboula en un clin d'œil. Le cordon de fantassins fut rompu et se débanda. La musique militaire partit au pas gymnastique.

La place Sainte-Ursule éclata dans tous les sens, projetant au loin les morceaux de la foule. Issoire était pulvérisé, anéanti par sa propre explosion.

Vercingétorix avait encore une pomme dans son sac, mais pas un être humain ne restait à portée du coup.

Il la mangea.

VIII

LES COPAINS

— Bénin!

— Hé!

— Passe donc en tête! C'est ridicule. Nous ne savons pas du tout où il faut aller; et c'est nous qui ouvrons la marche.

— Mais puisque vous n'avez qu'à suivre la piste!

— Je te demande pardon. On dirait que ça bifurque, ici. Je veux bien qu'on s'égare, mais je ne veux pas en être responsable.

— C'est que j'ai commencé avec Broudier une conversation étonnante, et il n'est pas possible de l'interrompre.

— Qu'est-ce qui empêche Broudier de passer en tête avec toi? Allons! Ouste!

Toute la file s'arrêta. Les premiers entrèrent un peu dans les broussailles pour dégager le chemin. Lesueur posa son sac à terre.

— Ça n'a l'air de rien! mais c'est lourd!

— Tu as le toupet de te plaindre?

— Parfaitement! Je porte toutes les assiettes, moi!

— Toutes les assiettes! Tu en parles comme

d'un service de cent quarante-quatre pièces! Moi
j'ai bien les trois bouteilles de Saint-Émilion,
le lard, le sel, le poivre, la moutarde et le cognac.

— Et moi les deux Barsac, les sept verres, les
couteaux et les fourchettes!

— Et moi les trois Saint-Péray, carte blanche,
avec le tire-bouchon et les sardines!

— Et moi les trois Casse-Patte, sans compter
le saucisson, les saucisses, le fromage et le cure-
dent.

— Et moi qui ai le pain et la viande!

Martin, qui avait le reste, ne dit rien.

La file reprit son mouvement.

C'était une sente très étroite qui s'insinuait
dans la forêt, comme la raie de Bénin dans ses
cheveux. Couverte d'une herbe rude et longue,
des ronces, des fougères l'envahissaient à demi.
On y heurtait des racines, des chicots et des
saillies de roc. Parfois tout devenait mou et faisait
un bruit de gencives. Le pas était absorbé par
quelque chose de spongieux. Une minute après,
on sentait de l'eau dans ses chaussures, et un
arbuste vous chipait votre chapeau.

Des deux côtés, la forêt bourrue, et l'ombre
immédiate. Des sapins exubérants, jamais taillés,
branchus du pied au faîte, s'écrasaient les uns
sur les autres, se rentraient les uns dans les
autres. On n'aurait pu s'y mouvoir qu'en rampant.
Bien que le soleil fût encore loin d'être couché,
il faisait nuit noire là-dessous. Les bruits, il devait
y en avoir, une course de bête, un chant d'oiseau;
mais ils ne traversaient pas cette épaisseur; et on
n'entendait qu'un petit grouillement d'eau, tantôt
à droite, tantôt à gauche.

Les copains, un sac sur l'épaule, ou une musette en bandoulière, s'avançaient à la file. Ils étaient contents d'une foule de choses, d'avoir une bande de ciel clair sur leurs têtes, d'être engagés si profondément dans une forêt si ténébreuse, et d'aller où ils allaient.

Ils étaient contents d'être sept bons copains marchant à la file, de porter, sur le dos ou sur le flanc, de la boisson et de la nourriture, et de trébucher contre une racine, ou de fourrer le pied dans un trou d'eau en criant : « Nom de Dieu! »

Ils étaient contents d'être sept bons copains, tout seuls, perdus à l'heure d'avant la nuit dans une immensité pas humaine, à des milliers de pas du premier homme.

Ils étaient contents d'avoir agi ensemble, et d'être ensemble dans un même lieu de la terre pour s'en souvenir.

— Hé! Bénin!

— Quoi?

— Ce n'est pas une blague au moins, cette maison forestière?

— Une blague? J'ai la clef dans ma poche.

— Oui... mais ce n'est pas simplement une cabane de cantonnier?... ou une hutte de branchages?...

— Non, mon vieux, une vraie maison, tout ce qu'on fait de plus chouette dans le genre... Je la connais... Je ne l'ai vue que du dehors... il n'y a qu'un rez-de-chaussée... mais c'est grand... trois ou quatre fenêtres de façade... il paraît que l'intérieur est très bien... une vaste cheminée, avec des réserves de bûches... une table, des bancs, des chaises... et toute une batterie de cuisine. Qu'est-ce

que vous voulez de plus? Il y a même un lit, pour
ceux qui tourneraient de l'œil.

Le questionneur se déclara satisfait, et chacun
se complut à imaginer la petite maison des bois.

Ils gardèrent le silence quelques minutes. Le
ciel semblait devenir plus clair encore, et s'éloigner.
Les ténèbres de droite et les ténèbres de gauche
cherchaient à se réunir. Pressée entre elles, la
sente rendait sa lumière peu à peu.

— Bénin!

— Quoi?

— Tu es bien sûr de ta route?

— Mais oui!

— Parce que je trouve que ça monte de plus en
plus. Tu n'as pas l'intention de nous faire bivoua-
quer sur une montagne?

— Je t'ai déjà dit que la maison est sur la
pente même du Testoire, à douze cent cinquante,
ou treize cents... Tu n'y arriveras pas en te mettant
sur le cul et en te laissant glisser.

De vrai, ça commençait à grimper assez dur.
On ne savait plus guère où on mettait le pied,
et on butait à chaque instant. Puis il y avait de
plus en plus d'eau. Des filets invisibles gargouil-
laient un peu partout.

— J'ai les chaussettes mouillées.

— Tu les sécheras au feu.

— Ne récrimine pas contre cette eau! Quand
tu l'auras goûtée, tu m'en diras des nouvelles! Ah!
ce n'est pas du pipi de robinet! Les roches du
Meygal lui donnent une saveur unique.

— Quand j'ai de l'eau dans mes chaussettes,
je me fiche bien du goût qu'elle a.

Le terrain était si pénible que la file tendait à se

disloquer. Chacun se tirait d'affaire de son côté,
et comme il pouvait, au milieu des ronces, des
chicots et des trous. On s'ingéniait à préserver
les bouteilles et la vaisselle. Les personnes elles-
mêmes avaient moins d'importance.

Bénin s'arrêta :

— Ne nous lâchons pas!... ne semons pas les
derniers!... ça serait affreux. Tout le monde est là?

Les traînards se rapprochèrent.

— Quatre... cinq... six... Et Martin? Où est
Martin?

— Tiens! c'est vrai!

— Toi, Omer, tu étais l'avant-dernier... qu'est-ce
que tu as fait de Martin?

— Ma foi... il marchait encore derrière moi il y a
trois minutes... je pensais qu'il me suivait.

— Oh! le pauvre diable! Il est peut-être tombé,
ou il nous a perdus... Il y a eu un petit tournant
tout à l'heure...

Tous se mirent à crier :

— Martin! Martin!

Leurs cœurs battaient vite; leurs gorges se
serraient. Ils avaient beaucoup de peine, soudainement.

— Martin! Hé! Martin!

— Attendez!... je vais redescendre un peu...
Vous, continuez à crier!...

Omer, dégringolant la pente, disparut bientôt
derrière les feuillages. De temps en temps, les
copains poussaient un appel. Lesueur avait posé
son sac sur une roche moussue.

— Les voilà!

C'était Martin, et Omer à ses trousses, comme
un mouton que le chien ramène.

— Alors, mon vieux! Qu'est-ce qui t'est arrivé?

— Rien de grave, hein?

On lui tapait sur l'épaule; on le regardait avec affection. Lui souriait, mais ses lèvres tremblaient visiblement, et ses yeux en amande s'étaient un peu dilatés. Il finit par dire, d'une voix d'enfant qui a eu peur :

— Vous alliez plus vite que moi... je suis resté en arrière... et au tournant, je me suis trompé... il y avait une petite éclaircie... j'ai cru que c'était le chemin...

— Oui, je l'ai trouvé en plein fourré, immobile. Il ne savait plus que faire. Pauvre vieux!

— Il est peut-être fatigué. On va lui décharger son sac!

— Merci... non! non!

— Tu nous ennuies... Et puis tu marcheras en tête, entre Bénin et Broudier. Ton ancien ministre te surveillera.

On fut d'avis de mettre la table dehors, au beau milieu de la route forestière qui passait devant la maison.

— Nous serons plus à l'aise; et ça dégagera les abords de la cheminée.

Huchon prit en main les opérations de cuisine. Il avait, en cette matière, quelque compétence. Mais il lui fallut des aides pour les basses besognes.

Omer et Lamendin s'en furent ramasser le menu bois qui allumerait les bûches. Bénin et Lesueur puisèrent de l'eau dans un petit bassin naturel qui se cachait à vingt pas sous les airelliers, et

ils y couchèrent les bouteilles de Saint-Péray
mousseux, pour les rafraîchir. Broudier disposait
les assiettes, verres, fourchettes et couteaux dans
l'ordre le plus impeccable, tandis que Martin,
accroupi contre la cheminée, épluchait des pommes
de terre.

— Oh! regarde-moi les épluchures que tu fais!
C'est du sabotage! Tu en enlèves la moitié! Et
nous n'avons que quinze patates!

Au reste, Huchon ne cessait de gémir :

— Comment voulez-vous que je m'en sorte! Je
n'ai pas ce qu'il faut! Ce veau Vercingétorix, dont
la recette m'est venue la nuit dernière au cours
d'une insomnie, réclame une foule d'ingrédients
qui me manquent. Passe-moi le cognac! Ah! si
vous étiez de chics types, vous profiteriez des
derniers feux du crépuscule pour me chercher
quelques fines herbes...

— Non, mais des fois!...

— ... Un soupçon de thym, une branchette de
serpolet, une feuille de menthe, et un rien de
fenouil. Oui, Broudier, tu méconnais l'importance
de ces détails. Tant pis! Mon veau Vercingétorix ne
sera qu'une grossière ébauche.

Le festin commença, dès que Huchon crut pouvoir relâcher la surveillance de ses marmites. Les
copains, spontanément, prirent les places qui leur
étaient habituelles dans leurs réunions, Huchon,
Bénin, Lesueur, Lamendin vers le milieu de la
table, Broudier, Omer et Martin sur les ailes.

Un vent déjà nocturne sortait des bois, et
venait errer le long de la route. Et, parfois, toutes
les branches ensemble faisaient un de ces murmures
qui promettent tant au cœur. Puis le vent s'arrê-

tait, les branches se taisaient; le foyer lui-même
dans la maison paraissait s'amortir. Alors on
n'était plus éclairé que par les étoiles; on n'entendait plus qu'un grillon et qu'un rossignol.

Les copains mangèrent d'abord le saucisson,
flanqué de sardines. Deux litres de Casse-Patte
périrent dans ce premier choc.

Le troisième s'évanouit tandis que Huchon allait
quérir les saucisses.

Elles se présentèrent attachées par couples,
comme les gens d'une noce. On leur fit bien voir
que ce n'était pas le moment de plaisanter.

Mais il s'éleva une discussion assez vive. Huchon
soutenait qu'avec les saucisses le Saint-Émilion
s'accorderait mieux que le Barsac.

— A vrai dire, nous aurons toujours dissonance.
Je ne sais que certains bourgognes, ou encore une
bonne bière de Munich qui puisse exactement
convenir ici. Le Saint-Émilion n'est qu'un pis-aller.
Mais le Barsac serait une erreur. La saucisse, ne
nous le dissimulons pas, développe une saveur
à la fois naïve et pesante. Je vous ferais injure
en vous montrant qu'elle exige du vin rouge. Et
puis, j'ai absolument besoin du Barsac pour escor-
ter mon veau Vercingétorix.

— Ça, c'est une autre question. Mais en ce qui
concerne la saucisse, tu te mets le doigt dans l'œil.
Le goût de la saucisse doit être fouetté, je dirai
même mordu, sans quoi il s'affale, il se vautre. Je le
compare à une vache. Le Saint-Émilion achèvera
de l'abrutir.

On trancha la difficulté en buvant une bouteille
de l'un et de l'autre.

Le veau Vercingétorix occupa l'attention plus

d'un quart d'heure. On en fit à Huchon de grands compliments; mais il demeura quand même un peu déçu. Il avait espéré des appréciations plus nuancées, plus techniques.

On se contentait d'un :

— Ah! très bien, vraiment!

Ou d'un :

— Excellent! Je te félicite!

Ou d'une fade plaisanterie :

— Si Vercingétorix n'était qu'un homme de bronze, ce veau est un veau d'or.

Les premiers signes d'ivresse apparurent bientôt. Pourtant on n'avait bu encore que huit bouteilles, guère plus d'une par homme.

Mais les trois litres de Casse-Patte, outre que le vin en pesait quelque douze degrés, avaient chu massivement sur des estomacs presque à jeun. Puis les trois Saint-Émilion et les deux Barsac avaient formé une alliance traîtresse.

Les paroles devinrent, selon les gens, plus pâteuses ou plus volubiles. Les âmes augmentèrent de surface; elles se déployèrent comme la queue du paon; chacune poussa dehors toutes ses forces, et les développa, comme une ville assiégée qui fait une sortie.

Il s'établit de nouveaux contacts et de nouveaux échanges. Comme une bouée signale une passe, les mots ne servaient qu'à signaler des communications plus profondes et plus immédiates. Une traînée flambante reliait les têtes, circulairement. Quelque chose de brillant et de subtil, comme l'anneau de Saturne, entourait la masse noire de la table.

Au dessert, on réclama les trois bouteilles de Saint-Péray mousseux.

— Où sont-elles?

— Où a-t-on fourré les trois Saint-Péray?

— C'est idiot!

— Qui est-ce qui les a apportées?

— Broudier!

— Pas du tout, c'est Lesueur...

— Moi! J'avais les assiettes!

— Alors, c'est Bénin!

— Oui, c'est Bénin!

— Qu'est-ce que tu en as fait?

— Je me rappelle très bien que je suis allé les mettre quelque part au frais, avec Lesueur. Mais je ne sais plus où! Tu te rappelles, toi, Lesueur?

— Je me rappelle qu'on les a foutues dans de l'eau, sous du cresson... même que...

— Qu'est-ce que tu racontes?

— Je vois... je vois... je leur avais dit de me puiser une cruche d'eau, pour ma cuisine... ils ont emmené les trois bouteilles avec eux...

— Oui, nous les avons couchées dans l'eau... c'est un système épatant... ça vaut du champagne frappé!

— Mais où sont-elles? nom de Dieu!

— Dans les environs, sûrement... je ne pense pas qu'elles aient bougé.

— Tu te fiches de nous. Il nous les faut tout de suite...

— Allons! ne te fâche pas... Viens, Lesueur... on va leur chercher ça.

— Vas-y tout seul!

— Non... non... à moi tout seul je ne les retrouverais pas d'ici à demain.

Le Saint-Péray mousseux débarbouilla les esprits. Il accrut l'ardeur, mais en l'épurant.

Les copains étaient envahis par un sentiment singulier, qui n'avait pas de nom, mais qui leur donnait des ordres, qui exigeait d'eux une satisfaction soudaine; on ne sait quoi qui ressemblait à un besoin d'unité absolue et de conscience absolue.

Ils en arrivèrent à comprendre qu'ils voulaient certaines paroles, qu'ils seraient assouvis par une voix.

Si plusieurs choses n'étaient pas dites, cette nuit même, il serait à jamais trop tard pour les dire.

Si plusieurs choses réelles n'étaient pas constatées et manifestées, elles seraient à jamais perdues.

Il y avait là vraiment un besoin vital; on ne pouvait pas ruser avec lui, ni l'endormir, ni lui en promettre, car il empruntait quelque chose d'impatient à l'idée même de la mort.

Bénin s'était levé sans trop savoir comment. Il regarda devant lui, autour de lui; mais il ne percevait plus les êtres par le regard; il se les figurait par une sorte de prestige.

C'est ainsi qu'il se composa une vision parfaite et comme emblématique, où entraient deux rangées noires de sapins, une lueur de route, un ciel infiniment présent, et des âmes sans secret.

— Mes amis, dit-il, tout ceci ne peut finir bassement dans le silence et dans la chair. Je ne parlerai pas longtemps, parce que je suis saoul, mais vous savez bien qu'il faut que quelqu'un parle.

« Si le mot de solennité a un sens, il n'y a rien eu

dans ma vie, ni, je le présume, dans la vôtre, d'aussi assurément solennel que ce repas.

« Je n'expliquerai point des choses dont l'évidence vous possède. Mais il est nécessaire que je les cite, qu'elles se nomment, qu'elles témoignent.

« Je négligerai des motifs ordinaires de joie, ou d'orgueil. Je ne rappellerai pas mainte habileté, mainte prouesse dont d'autres que vous mèneraient triomphe. Car, messieurs, nous pourrions être tous au bloc, à l'heure qu'il est. Pêcheurs solitaires, nous harponnerions des haricots dans une gamelle. Quand on y réfléchit — rien qu'une minute! — c'est une idée agréable. Oui, messieurs, accordez-vous un petit frisson de sécurité! Il y a huit jours, pas plus, Ambert et Issoire retentissaient de vos coups. Il y a huit jours que vous sapiez les fondements de la morale, de la société et du Puy-de-Dôme. Et tandis que vos tristes victimes, le cul par terre, cherchent encore autour d'elles l'ombre de la main qui les terrassa, vous buvez et vous mangez dans une forêt des Cévennes! N'entendez-vous pas à trente lieues, derrière dix bourrelets de montagnes, la lamentation des généraux, des évêques et des corps constitués? Ah si! vous l'entendez, chères canailles! Mieux que les épices, elle assaisonne votre festin. »

Il prit sa coupe, avala une gorgée. Il regarda; il essaya de distinguer des formes et des hommes. Mais tout lui était lointain et sublime. Toute chose, au lieu d'être elle-même, lui devenait un signe et comme la trace d'une complicité surnaturelle. Jusqu'au contour de sa coupe, jusqu'au scintillement du vin dans sa coupe! Il savait ce que tout cela voulait dire. Il l'aurait dit.

Il y eut une longue transe des feuilles. Bénin n'y resta pas étranger; et il continua :

— Je veux louer en vous la puissance créatrice et la puissance destructrice, qui s'équilibrent et se complètent. Vous avez créé Ambert, vous avez détruit Issoire. Ce sont là des vérités de fait. Vous vous êtes égalés par ainsi aux hommes les plus grands, à ceux qui ont établi et qui ont renversé les empires.

« Mais jeux d'enfants! bagatelles que cela! Vous avez restauré l'Acte Pur. Depuis la création du monde — vous voyez que je ne parle pas d'hier — il n'y a plus eu d'Acte Pur. L'action, sa bâtarde, a régné bruyamment. Vous avez restauré l'Acte Pur. Alexandre, Attila, Napoléon, d'autres peut-être, l'ont essayé avant vous, mais sans continuité, sans claire conscience, je dirai même sans aptitudes. Et comme la création du monde perd chaque jour de sa vraisemblance, je me demande si, non contents de renouer la tradition, ce n'est pas vous brusquement qui l'inaugurez.

« Ah! messieurs, que vous êtes consolants! L'agitation humaine a toujours affligé les sages; et ils se sont tous évertués à dénoncer la vanité des fins que les hommes poursuivent avec tant de frénésie. Mais les sages d'autrefois pouvaient reporter leurs regards sur Dieu. Et voilà qu'au moment où la fureur des hommes s'exaspère, où leur frétillement devient plus rapide et plus absurde, nous cessons de croire au seul être qui ne soit pas dupe de ses œuvres! Loués soyez-vous de nous rendre la sérénité et l'optimisme!

« Vous avez joui avec impudence de plusieurs choses réelles. Ce que les hommes ont de sérieux et de sacré, vous en avez fait des objets de plaisir, vous y avez taillé les pièces d'un jeu. Vous avez, sans ombre de raison, enchaîné l'un à l'autre des actes gratuits. Vous avez établi entre les choses les rapports qui vous agréaient. A la nature vous avez donné des lois, et si provisoires!

« Acte Pur! Arbitraire Pur! Rien de plus libre que vous! Vous ne vous êtes asservis à quoi que ce fût, fût-ce à vos propres fins. Et pourtant vous ne contrariez pas la destinée. Elle est dans un mystérieux accord avec vos caprices. Vous rappellerai-je les prédictions de mon somnambule aux pieds bronzés? Vous rappellerai-je l'humble oracle du *Bottin?*

« Mais je n'ai pas fini d'énumérer vos attributs. Vous possédez encore, depuis ce soir, l'Unité Suprême. Elle s'est constituée lentement. J'en ai suivi la gestation. Ce soir vous êtes un dieu unique en sept personnes, inutile de le cacher!

« C'est une situation de premier plan. Redressez la tête, messieurs, comme je le fais au risque de compromettre un aplomb que j'ai maintenu avec effort. Regardez ce qui vous environne de toutes parts, la forêt, la terre, les astres. Regardez ce qui n'est pas vous! »

Le vent ne passait plus; les feuilles ne bougeaient plus; le feu, dans la maison, était mort. Tout s'anéantissait dans un silence merveilleux.

Même les étoiles n'étaient que la lumière du repas.

— Où trouver, cette nuit, l'équivalent de cela qui est vous? Depuis les vapeurs de la nébuleuse jusqu'aux rêves du soldat, depuis la mer martienne jusqu'à la cohue de Wall Street, où est le

dieu rival? Buvez, riez en paix! Personne ne vous
dispute l'empire.

« Et ne me dites pas : « Mais demain? » Si vous
pensez à l'avenir, c'est que vous existez sans plénitude, c'est que vous souffrez d'un manque. Loin
de moi une injurieuse supposition! Est-il pour un
dieu d'autre éternité que celle qui ne dure pas?

« Je te salue donc, ô dieu unique, par tes sept
noms, Omer, Lamendin, Broudier, Bénin, Martin,
Huchon, Lesueur.

« Et je lève ma coupe... »

Mais il la leva d'un geste si incertain que tout
le Saint-Péray mousseux coula sur la tête de
Lesueur, lequel s'ébroua en éternuant comme un
barbet sous un seau d'eau.

Lamendin, assis en face, se mit à rire, et il
secouait son nez de haut en bas.

Huchon se mit à rire, puis Broudier, puis Omer,
puis Martin.

Et Bénin lui-même riait si fort qu'il en bavait
dans sa coupe [1].

---

1. Le conte de *Donogoo Tonka ou les Miracles de la Science*,
les comédies *Monsieur Le Trouhadec saisi par la débauche*,
Le Mariage de Le Trouhadec et *Donogoo* forment suite aux
Copains.

UNE VUE DES CHOSES (Éd. de la Maison Française).

RETROUVER LA FOI (Flammarion).

LE PROBLÈME N° I (Plon).

PARIS DES HOMMES DE BONNE VOLONTÉ *(avec ill. et plans)* (Flammarion).

SALSETTE DÉCOUVRE L'AMÉRIQUE, *suivi de* LETTRES DE SALSETTE (Flammarion).

SAINTS DE NOTRE CALENDRIER (Flammarion).

INTERVIEWS AVEC DIEU (Flammarion).

EXAMEN DE CONSCIENCE DES FRANÇAIS (Flammarion).

PASSAGERS DE CETTE PLANÈTE, OÙ ALLONS-NOUS? (Grasset).

SOUVENIRS ET CONFIDENCES D'UN ÉCRIVAIN (Arthème Fayard).

SITUATION DE LA TERRE (Flammarion).

HOMMES, MÉDECINS, MACHINES (Flammarion).

LES HAUTS ET LES BAS DE LA LIBERTÉ (Flammarion).

POUR RAISON GARDER (3 vol.) (Flammarion).

NAPOLÉON PAR LUI-MÊME (Librairie Académique Perrin).

LETTRES À UN AMI (première et deuxième série) (Flammarion).

AI-JE FAIT CE QUE J'AI VOULU? (Wesmael-Charlier).

LETTRE OUVERTE CONTRE UNE VASTE CONSPIRATION (Albin Michel).

VERDUN (Flammarion).

LE FILS DE JERPHANION (Flammarion).

UNE FEMME SINGULIÈRE (Flammarion).

LE BESOIN DE VOIR CLAIR (Flammarion).

MÉMOIRES DE MADAME CHAUVEREL (2 vol.) (Flammarion).

UN GRAND HONNÊTE HOMME (Flammarion).

PORTRAITS D'INCONNUS (Flammarion).

Théâtre

CROMEDEYRE-LE-VIEIL (N.R.F.).

M. LE TROUHADEC SAISI PAR LA DÉBAUCHE (N.R.F.).

KNOCK (N.R.F.).

LE MARIAGE DE LE TROUHADEC (N.R.F.).

LE DICTATEUR (N.R.F.).

JEAN LE MAUFRANC (N.R.F.).

MUSSE (N.R.F.).

VOLPONE (en collaboration avec Stefan Zweig) (N.R.F.)

DONOGOO (N.R.F.).

BOËN (N.R.F.).

GRÂCE ENCORE POUR LA TERRE! (N.R.F.).

PIÈCES EN UN ACTE (N.R.F.).

Essais

PUISSANCES DE PARIS (N.R.F.).

LA VISION EXTRA-RÉTINIENNE ET LE SENS PAROPTIQUE (N.R.F.).

LA VÉRITÉ EN BOUTEILLES (Trémois).

PROBLÈMES EUROPÉENS (Flammarion).

VISITE AUX AMÉRICAINS (Flammarion).

POUR L'ESPRIT ET LA LIBERTÉ (N.R.F.).

MARC-AURÈLE OU L'EMPEREUR DE BONNE VOLONTÉ (Flammarion).

AMITIÉS ET RENCONTRES (Flammarion).

CONNAISSANCE DE JULES ROMAINS (*en coll. avec André Bourin*) (Flammarion).

DISCOURS DE RÉCEPTION DE M. JULES ROMAINS À L'ACADÉMIE FRANÇAISE ET RÉPONSE DE M. GEORGES DUHAMEL (Flammarion).

DISCOURS DE RÉCEPTION DE M. FERNAND
GREGH À L'ACADÉMIE FRANÇAISE ET
RÉPONSE DE M. JULES ROMAINS (Flammarion).
DISCOURS DE RÉCEPTION DE M. JEAN ROS-
TAND À L'ACADÉMIE FRANÇAISE ET
RÉPONSE DE M. JULES ROMAINS (N.R.F.).

Cet ouvrage a été composé
et achevé d'imprimer par l'Imprimerie Floch
à Mayenne le 26 septembre 1985.
Dépôt légal : septembre 1985.
1ᵉʳ dépôt légal dans la même collection : juin 1972.
Numéro d'imprimeur : 23518.

ISBN 2-07-036182-9 / Imprimé en France.

36641